SHANGHAI METRICIAN
上海诗人

主 编 赵丽宏　执行主编 季振邦

时间的缝隙

上海文艺出版社

SHANGHAI METRICIAN
上海诗人

主　　编　　赵丽宏

执行主编　　季振邦

策　　划　　杨斌华　田永昌　朱金晨

常务副主编　孙　思
副 主 编　　杨绣丽　徐如麒

编　　辑　　巫春玉　赵贵美　宗　月
　　　　　　钱　涛　王亚岗　张沁茹
　　　　　　征　帆　张健桐　罗　琳

上海诗人
2024 年 4 月　贰

主办单位　　上海市作家协会
　　　　　　上海文艺出版社

编　　辑　　《上海诗人》编辑部
地　　址　　上海巨鹿路 675 号
邮政编码　　200040
电　　话　　021—54562509
　　　　　　021-62477175 转
电子信箱　　shsrb@hotmail.com
　　　　　　shsrbjb@163.com

头条诗人

004　秋杆，撑住了北风（组诗）　　　　　毛文文

名家专稿

009　山　水（组诗）　　　　　　　　　　李　浔
011　境地与反应（组诗）　　　　　　　　王学芯

华夏诗会

015　你那里花开成溪（组诗）　　（贵州）小　语
017　祁连山中（组诗）　　　　　（甘肃）梁积林
020　掌纹上的密径（组诗）　　　（陕西）姜　华
022　时间的缝隙（组诗）　　　（黑龙江）墨　痕
024　清晨，或夜晚的某部分（组诗）
　　　　　　　　　　　　　　（内蒙古）马端刚
027　闪电藏在山后（组诗）　　　（山西）王占斌
030　像一种静止的隐喻（组诗）（黑龙江）张永波
033　搁浅的小船（组诗）　　　　（江苏）冰　岛
035　人间万象（组诗）　　　　（山东）紫藤晴儿
038　晒　羞（外四首）　　　　　（湖南）余海燕
040　下雪了（外三首）　　　　　（山东）于　玮
041　失血的甜（外三首）　　　　（安徽）徐春芳
042　在人世间活着（组诗）　　　（四川）云　兮

散文诗档案

045　湖岸与鲸鱼（组章）　　　　　　　　北　野
049　赞美闪电及其他（组章）　　　　　　郭　辉

053 岁月书简（节选） 棠棣
056 松鼠在跳舞（组章） 余光

特别推荐

060 舌尖上（组诗） 三姑石
063 在敦煌（外四首） 胡杨

上海诗人自选诗

066 被凝望一次次放大（组诗） 禹农
068 时光容器（组诗） 喻军
071 安坐在春风里（外四首） 古心
073 群山有奔波之苦（组诗） 宗月
076 大地之歌 牛斌
078 马德里的墙（组诗） 张春华
080 沪上掠影（组诗） 钱涛

旧诗新韵

083 读书有感 吕冰洋

月旦评

086 凝视与朔望：个体生命的漫长旅程
　　——简说周黎明诗集《余生》 杨斌华

访谈

090 久违了，携着泥土香的诗
　　——与农民诗人田间布衣一席谈 孔鸿声

浦江诗风

095 每一朵花都有缺口（组诗） 袁丽丽
096 在山一般的记忆里活着（外二首） 李海燕
097 命运（外二首） 阿仁
098 三月的精彩（组诗） 施钢荣
101 老街（外二首） 时国金
102 不需要（外一首） 邹晓慧
103 用橡皮擦去一个朋友（外一首） 曹旭
104 荷花，从淤泥里掏出明灯（外一首） 周晓兵
105 高原情思（外二首） 姚林章
106 稻草人（外一首） 戴谦茜
108 岁末（外一首） 李洁羽
109 探寻：画里画外（外一首） 赵康琪
110 想象（外一首） 风舞
111 风中的铃铛（外一首） 张国炎

诗人手迹

封二 叶延滨

读图时代

封三 戴晓画/老风诗

推荐语

　　毛文文的每一次写作，都是把自己盛开后的灵魂放在文字里，让它在那里尽情享受着一条小溪般的洁净和灵动。其每一首诗似乎都是蘸着露珠写成的，文字里饱含的水分好像随时要溢出来。也为此，读这样的诗，常常让我们沉重的躯体瞬间轻盈起来，饱受各种世事干扰的一颗心，跟着诗里的想象，也变得剔透起来。读者一定以为这样的诗，出自一位豆蔻少女之手。其实诗人是位中年男性。

　　组诗《秋杆，撑住了北风》，诗意浓郁。诗意是审美和回味带给我们的新鲜感受。尤其是想象，不管是中间地带还是边缘地带以及沿途旁逸斜出的风景，无一不是别开生面。似乎给他一把种子，诗人就能把种子背在肩上，成为奔跑的稻田。第一首《风一喊，又回来几片》，这里的风是有内容的风，它不空洞，所到之处，万物各有情态，人的记忆被唤醒，再被它牵着回来。在风里，石头是轻盈的，云朵反而是沉重的。诗人的指向有着明显的心理暗示。石头我们看得见摸得着，云朵我们看得见，却摸不着。摸不着，它就是虚空的。而虚空背后的隐秘性，我们无法用与生俱来的有限性去看待或理解它的无限性。第二首《枯枝上结出一盏灯》，想象的斜逸和往还，气质的飘逸和凝结，发现的那些偶然和必然，无不体现出诗人针一样细的感觉；举轻若重，蕴蓄着抒情化的转化，给读者带来刻骨清凉的是第三首《大雪中去见一个人》；一个念经人，在枫叶上打坐，一眼红尘，不是倾诉亦是倾诉的《枫叶红》；打开十一月，一朵山茶花，在一件旧毛衣上的情绪，那是母亲年轻时，在煤油灯下无眠的《十一月帖》。接下来的五首诗里，诗人的想象同样没有被世俗规约着，去学别人走路，而是把具备演化万物随意赋形的能力，放在了预知和观看之间的距离上。其思想和思考，常常被现实中很少有人正视的微小生命所牵扯。譬如第十首《一截烟》："几只麻雀，一起从黎明醒来／在一根电线的长烟卷上／思考光阴／／村庄渐稀的炊烟／被秋凉后的蛐蛐，抬着回家了"。情之悱恻，爱自灵魂，又返照灵魂。

　　金以刚折，水以柔成。毛文文的一支笔，提起是雨水，放下是自己和万物的影子。他的文字进入我们的视线时，如同拂柳，又如同花开，这个时候还刚好有微风吹过，不胜低回之意会于瞬间袭上我们的心头，萦绕不去。在这喧嚣的世界，我们分明看见，诗人正立在他的文字背面，以其纯澈，度尘世。

——孙　思

毛文文简介

毛文文,江苏省作协会员,中国诗歌学会会员。诗作散见《扬子江诗刊》《星星》《绿风》《诗潮》《诗林》《诗选刊》《诗歌月刊》《上海诗人》《山东文学》《飞天》《星火》等杂志。著有诗集《春天的雨水》,诗入选多种选本。现供职于南京市溧水区融媒体中心。

秋杆,撑住了北风（组诗）

毛文文

风一喊,又回来几片

爬上山顶,靠云朵近了一步
离山石远了一级
云朵沉重,石头轻盈
树木在青草中挺拔

像是触碰了山的神经
一滴雨坠落眼角
朦胧中,儿时放牧的水牛
还在山下吃草,那些林间离散的落叶
风一喊,又回来几片

只有岩石里的泉水,在时间深处呼呼大睡

闭上眼,山站在我的身上
花朵贴在身上,都似曾相识

仿佛一伸手,就能轻易地摸到落日

枯枝上结出一盏灯

雨水过后,江水清凉着自己的影子
平息的波澜多像眼前的事物

枯枝上结出一盏煤油灯
风远去,与喧闹一起
被时光分割,在远处成像
一个人,在岸边迎着灯
仰起头。内心已被江水洗干净
洁白的裙子坐着寂寥

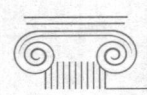

现在，可以透明一生的经历
灯光是玻璃罩里的夕阳
是肿痛的星星
是可以照耀人世的月亮
唯有凝视，江水会逼出自己的深蓝
秃树枝上那盏孤灯啊
仿佛是，万物深不见底的眼眸

大雪中去见一个人

一串脚印里走出雪的低吟
天与地白得似无缝隙
我带着黑色的汉字，让它们

在白的世界里认领一座古桥
让流水朗诵雪的无声
认领一座山，它的孤峰和陡峭

是我一首诗的构思
无枝可栖的反嘴鹬和黑鹳
它们的黑在对面青瓦的檐下
一点点加深，一只

与另一只在对话
仿佛雪已打开了白的栅栏
它们不停地撩拨我，去见一个人
一粒微尘与另一微尘
想把一场大雪，背在身上

枫叶红

鸟鸣声，翻过一座山后
树木仍在空中茂密、喧哗

声音滑过遥远，绯红的心
飞进秋天，枫的枝头一举再举
气息扑面而来，血脉像花朵状

聚寒露，迎霜降，像一个幸福的词
被点亮，足以留住
一个念经人，在枫叶上打坐
一眼红尘，不是倾诉亦是倾诉

我的执念，在某个窗口露一下面
然后夹到一页书中，像蝴蝶
打开平行的翅膀
将一切交付给冬天翻阅

十一月帖

落叶，从鸟飞过的地方
收回颤抖的瞬间
芦苇，在流水靠岸的地方
梳理茂密的白发

母亲在我准备出门前唠叨
迫不及待打开衣柜
打开十一月，一朵山茶花

在一件旧毛衣上的情绪

那是母亲年轻时,在煤油灯下的无眠
黄背草并排伫立山冈,叶鞘
裹紧了秋的杆
就这样,撑住了北风

冬至帖

飞鹰的尾巴把夜拖长
行道树有无数黑蚂蚁的眼睛
替行人盯着明天的太阳

村庄祠堂里吃祭祖酒的人
谈一年的收成,也谈那些落魂
在雪天,照见的光
早被山峰的海浪扛在肩上

在宗谱的家规家训里
人类有明暗交错的羁绊和自由
像星光,熄灭后又在燃烧

摆在那里的桌面,风
是酩酊大醉的那一部分

零度以下

风收起欲望和冲动
水的心底便有一阵隐痛

王摩诘打开画学秘诀
归雁,红豆,落日,明月,清泉
在清冷里烘托几朵洛阳牡丹
让可能出场的冰面
被花瓣撑开,被蝴蝶踩裂

有一只鱼儿想游上岸
鱼尾带出的浪花
漂浮出水底的凛冽
而岸,离长安和洛阳很远

零度以下,一束光跳跃水面
风突如其来。冰返为水
未知的力量并无具象

流水的呼吸

流水在认知什么,从有意到随意
除了冲洗,回旋,淹没
水越来越深。荇菜,水葫芦
像被掏出的胸腔,浮于近岸水面
鱼群四散,它们是被一条支流隔开的

流水的呼吸,是一种道别
它们的泡沫穿过人类的胸腔

流水在诧异什么,从天晴到雨天
除了接纳,蒸发,奔突
水越来越痛。青头潜鸭,黑脸琵鹭
像被飞落的天空,栖于乌云地带

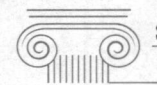

鸟群四散,它们是被一阵风带走的

流水的呼吸,是一种挣脱
它们的羽毛掠过人类的天空

开场白

天空渐渐拉低宽大的帽沿
风对着云的耳朵低语了几句

麦地的金黄快要转场
几只鸟雀在低低地盘旋
似乎承受不了即将到来的虚空
蜗牛在菜叶的低处寻窝

父亲从麦子的平静里走向田埂
皲裂的双手摊开厚厚的云图
他仍痴迷在这个季节
早年忙碌的汗水回到这里

心细的母亲送来雨伞
她的白发头顶有不可复制的雨线
紧跟身后的电闪雷鸣
给一场大暴雨,做了开场白

一只孤独的雄鹊鸲

一群鹊鸲以夫妻名义浩荡天空
飞出灰褐的结,留一个活扣

一只雄鹊鸲树桩上停住飞
树桩捆绑的铁丝
明暗交错,映衬鹊鸲的队形

一只雌鹊鸲,一阵低飞
约请它婉转地对唱、诉说
雄鹊鸲没回头,从它眼里却看出
它的歌声在树桩上结茧,筑巢

不久孤独在恒温下产卵、孵化
幼鹊鸲破壳的一声短倚音
雄鹊鸲从冷雨中长出树桩的嫩芽

一截烟

在一个纸盒里安睡
打开后,经不住诱惑
一根和另一根抽签,也抽风水
谁先出去,风一定先翻牌

几只麻雀,一起从黎明醒来
在一根电线的长烟卷上
思考光阴。电线杆立在那儿
替命活着。仿佛一截烟
吮吸者不在那儿

食指沉默,一截烟灰沉默
村庄渐稀的炊烟
被秋凉后的蛐蛐,抬着回家了

名家专稿

山 水（组诗）

李 浔

草 地

羊走过的地方没有人说话
只有草跟着羊奔跑
草尖晃动的露珠里
映照着天上温暖的白云
你看，被羊咀嚼过的草在羊背上那么洁白

杜甫草堂

唐朝的成都方言怎么说草民
我不知道，唐朝的秋风
吹茅屋，我一字一句都记得
惊心啊，城春草木深
良心在废墟里，伤痛在笔杆上
使命在生死离别中

从杜甫草堂出来，才知
草，一直都在给草民铺路

含 蓄

不能有芭蕉树，雨水来了会动情
天上来的都不可泄露天机。

不能有一群麻雀，它炸翅时候
不分男女老少都叽叽喳喳。
要尊重历史，善待安静的词
多吃素，日子才会清白。
这一切，不用翻黄历，进村的路上、河面上
八仙桌上、床上、椅上、灶台上都有。
想风流的人啊，请慢一点出口成章
要含蓄，像河流过村子那样
不著一字，留下一行绿的秧苗。

对　岸

我们中间的河始终没有说话
桥，在鸟飞不到的地方
蹲在那里
一半浸在水里
另一半坐在倒影上面。
我知道有人已不会来了
谁在对岸
被风声缠住了耳朵
还有谁被倒影揉皱了家乡。

香　山

没有宫女们窃窃私语，不会含苞欲放
不会有忘国恨，更没有怜香惜玉的贵人
乌云压低了空旷的帝国，香山
不能和颐和园比，也无法给江山盖上厚重的印。
只能在郊外，雾与霜特别重
风像刀子，远去的长调像散辫的马鞭
抬头就看见万里长城，低头有落叶
如今香山红叶，只能被漂亮阿姨夹在日记本里。

华清池

在华清池，帝国的女人有专用的暗语
像那个泉眼细水长流
悠久的历史像褪下衣衫的那一刻
在清与浊之间，总有耐心的偷窥。

此刻美人都想沐浴，有意无意中
让人围观的华清池，没有隐私
无所谓情何以堪，无所谓下作
有年份的美无须赞美，泉水不再纯洁
既然已被洗白，更可以漠视华清池泉水的源头。

在西湖白堤

在白堤，断桥上一直有妖气
桃唱昆腔，蛇说人话，女人都敢一爱到底
请记住，这里从此有大众的情人。
妖，除了仇，是男人身上的软肋
在白堤，别无良药，种桃植柳是一种活法。
看西湖的倒影会患洁癖综合征
看看吧，蓝天上的白云一直都在水里
可惜前朝的水洗不清今天的波浪。

境地与反应（组诗）

王学芯

这一夜

浅睡眠中
居然锯动一棵漂亮的树
树叶四处飞溅　绿冠失血苍白
闻到木屑的香味

邪恶的天性　像杀戮和残害生命一样
锯子越锯越深　树木咬住强烈的伤痛
越夹越紧一种力量
像在忍受最后一阵颤动
抖落下
枝梢的纤细光线

麻雀如同一群稀疏易散的掠影
嗖嗖飞离繁茂叶丛　嘴里
粘着许多蛾子

而醒来
额头直冒汗珠
想到那棵树的形状　或紧张的痉挛
劣迹如果真实　那对企求长寿的人来说
肯定有了影响

立 春

草木上薄霜闪亮
严寒已经过去 鸟类每声啼鸣
冲进耳朵 我拉下扣住颈脖的拉链
看了一眼阳光 预料到
再过几分钟 庭院
会出现升高的绿色藤蔓

春年轻
树枝与嫩叶相伴的空气 青翠得雀跃
似乎说不出任何理由郁郁葱葱
都在一朵蓓蕾里
觉得希望 翅膀 穹宇和一切形体
海阔天空

三十年后的三十年
往日纷纷落下 第一次看见的云中一泓
像有滴滴沥沥的雨珠和时机
从乌黑发丛里响出动静
开启的第一步
便随同任何角落迈向啁啾的翠鸟
感到满面春风或丝丝的微风
几寸绿色枝条
都是从
这一天开始的

街 上

此刻街上
天穹出现一只巨大眼睛 盯着我
经过一棵老樱花树
花枝很低
像在触摸我的耳廓

而我已关注起两只脚的细节
在弄清楚这样行走 什么之外的地方
草是苍绿的

车流依然光滑
如同一绺绺颜色纷呈的头发
折射的亮点 单个样子或形态
仿佛都是扣紧的纽扣
发亮的指甲

发现庞大空间的意识里
不一样的路径和过程
萦绕着我的眼眶
在驶进
驶出

日被过渡
整个世界似乎剩下了一半或三分之一
路面看得清清楚楚
几株伸到街上的樱花枝子
像在穿过
我的身躯

两个自己

两个自己
像易燃品或阻燃剂

常常自爆火花 冲破防火的墙壁
瞬间又自己扑灭
粘合
火山口似的嘴唇

一次又一次
添加情绪的干草 一桶桶石油
或是立方米计算的天然气和页岩气
像在把一根吸管
插进一处喊叫的伤口

溅出的语言和喷发的烟缕
无法转化一切
（正像诗歌根本改变了人一样）
嗓音从唇上落下
最高的熔炼气息升起 又跌落
嘶哑的声带
使脸庞疲倦

两个自己
一边着火一边抑止 未来的日子
人于漩涡
漩涡在呼吸里
唏里哗啦的腾腾雾气 会被
微笑咬去

河上风光

朝北走
显然的河填满强大的高楼倒影
如同柔化的混合体

漂在水波上

接踵而来的多荫树木踱向水榭境地
堤岸和天空互为联结
各种惹眼光点
晃动着
扩张的晕圈

而一座座上坡下坡的桥梁
线路直通地铁和高架 像在把城市
带进岩层
搬到天上

三位一体的白昼或广阔空间
衍生一种激越一种瑰异
显现出
毫无节制的潋滟风光

奔跑的色彩
式样层出不穷 如同成就的火焰
甚至连黄昏的太阳 也有了
轻佻的粉色
浮躁的金色

心理学

你突然着火
你全身都是热浪和浮动的焰火
你兴奋状态一如你的生命是枚果实
告诉我说 你像在昨夜

倏地成熟了

还说 这还不是全部
更真实的是 灰烬吹向所有裂开的缝隙
如在俯身的沟壑边一跃
将一道道深渊
填得雪白

又说特别不可思议的奇特感觉
是那雪白的地上灼烫
但绽放的光 依然冷凝
如同一层
清晨的霜

你的眼神烧到我的脸上
嘴或双唇分解着一种幻觉的幻觉
我拍拍你受过什么压力的肩膀
想感受到你真实的身体
正常的呼吸

心理学
透彻眼前的战栗
我眨动眼睛 忍住了泪水

我对自己的一次叙述

或许我是个例外
所有想象力的奥秘 源自自己的手
抓着开放和封闭的灵魂
在暮色之内的春色中

相遇自己致敬的早晨中午与旋转的夜晚
望到一米七五身高的我
经过什么
写过什么

如同一种背景里的透明层
覆盖贴身的意识 伫立 观察 以及
咬紧的牙齿或委婉

从中再现
缝隙中的千折百回
向往生活的个人动态 天赋和魅力
和那渐弱的姿势
韧性语调

而转个身子
应着朋友或兄弟之约喝酒
一场又一场 接连地喝
待旦不懈

我仿佛是个天外来客
超理想主义留下了最现实的白色胡子
2023 年的肉体 某种习惯
抽着烟
常常在一扇正南的窗内
瞄一眼自己的
十五本诗集

你那里花开成溪

（组诗）

（贵州）小 语

致花溪河的冬泳者

此时的泳者在水里打开全身
暖一阵子冬天
等晨曦嫩嫩地爬上肌肤

还有花溪河畔的梧桐树
与阳光臆想
脱下一身关于水的金黄

油菜花半开

不纠结这些父辈的文创
它们有形存在
刚刚好固体于一个山寨的久远
与季节无关

偶也担心这半开的油菜花
微笑毫无掩饰的油菜花
会不会被冰雹蹂躏
或捡起别人眼中的陋俗

状元井里水成墨

最开始赵妈妈要求儿子们挖四口井
一人一井
以惦记39岁丈夫战死沙场时留下的遗言
"培育孩子们像水一样清亮"

于是，赵以炯挖的左井叫状元井
四弟挖的右井叫聪明泉
老二老三总感自愧不如
挖了一个冬天的井
他们又回填
所以，留给世人的井只有两口

颇有意思的是
那两口井被乡人试过无数次
只隔三米宽的石梯步
水位却永远没有在一个平面
老乡说"状元井的水总要渗得多一些"
越听此话我越断定
那水，是墨水

滑进明朝

我俯下身子在青石板上抚摸尘埃
尘埃过于细腻
我的手上除了玉华感
无其它

我躲在一个明朝的胡同交错与弯拐处
等另一种久违的陌生
你的陌生与轻言让我在青石板上失去摩擦
我滑进明朝的路没有阻碍
那路，太光滑，太直
路边的花，开成溪

站在地铁口的我

花溪能地铁的那天
我抚触到地铁口的左或右都有引力
站着的哥叫小语哥
尘埃之小
轻如鸿毛之语

再小的语也敝帚自珍
如铁轨边那面镜子

陪等庞大的钢铁之躯
奔腾着飞速而来

我跨进之后不左也不右
面朝蓝天白云的方向
让美好提前抵达

心游天河漂

天河成潭必是明澈如镜
镜中游人依然你我
我们桥上穿行被水波牵手
我们碧波上嬉戏有涟漪潋滟
我们走,月亮走,涛声走
山歌石头也追随
咱们一起走

林荫大道让出一半与水
再让一半给飞禽
你我用倒影行走潭心
任鹭鸶和斑鸠野性
我们也野性
再等一口天黑的茶罩住夜晚
熵减有趣灵魂,夜不眠
邀渊薮窃窃私语

祁连山中（组诗）

（甘肃）梁积林

皇城村

两个裕固族老人赶着几头牦牛
沿路而行
尽管腿疼,那女的
左手拄着拐杖,右手依然摇着经筒
头顶上的一只云雀
一直合着她的节拍,不停地啾鸣
像是诵经
又像是在指点迷津

路下面的茬地里
站着一匹枣红马。仰颈
打了个鼻喷,还嘶鸣了一声苍生

擦肩而过的
不是迁徙的神
就是十月将至的秋风

一头白鼻梁的牛,站在草丛

秋深。一声鹰唳
肯定在天空的某处留下了一道划痕
不说闪电

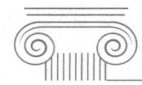

不说块云
不说山顶上扬了一下鞭子的牧人

草丛中站着的那头
白鼻梁的牛，始终打着自身的手电筒
它在照亮着什么
它内心有多大的溯回
才有如此的光源

如果它"哞"上一声
绝不亚于，适才的
一声雷鸣

祁连山中：九个泉

九个泉，九碗溢动的水
抑或就是九个弟兄歃血为盟
碰过的九盏酒樽
一只饮水的羚羊

躬身蹿上山梁，回环
向我张望

请从晚霞中取出一匹红绫
披在昨夜的梦中
梦中的新娘，坐着高车
去了大河牧场

我甚至把我的身体比喻成了那面
侏罗纪的岩层
有恐龙
也有再生的命门

祁连山中

一河水老是在轰隆
一匹马动不动就嘶鸣
一顶褐子帐篷，好像
远古就在那里，一动不动

一只旱獭兴奋不已，忽儿探头，忽儿拱手
猛然间还呱呱呱地叫上几声
仿佛有多大的冲动
天一会儿雾一会儿晴
那个人是啥时候上到山的最高顶
他是在擦着生锈的天空
还是在摘那块落日的铜镜
更有可能是在，拔那枚老鹰的铁钉

祁连山中：酥油口垭口

只有一只鹰在不停地俯冲
只有一头牛在默默地反刍思冥

记得护林站的那个裕固族姑娘
记得她一说话就羞红的脸庞

她说：昨晚天下了暴雨
她说：雷响得就像是天塌方了多大的面积

她说起进山的路是一条蚰蜒小路
还说起深谷中的酥油口水库——水位过了历
　　史记录

她说山中的八户牧民都迁出了保护区
搬进了大都麻新村；都是她的联系户

抬头间，天空很蓝。只有一缕白云
像一束哈达，飘渺如天籁

弱水河畔

夜里下雨了
弱水汹涌。汹涌的还有我血脉里的动能
一些词如一个船队
穿行在我身体的各个峡谷和丘陵
每前进一步，就是一次
心跳的加速

我想给每一头牛都命个可人的小名
而那么多黑白花乳牛
已像六月的西域大地
穿上了华衮

一道闪电，时间的裂罅
对接上一声牛哞，就是一道驻蹄的彩虹
就是隐隐钟楼
就是另一条丝绸路

羌　塘

这时的风，正在蚀刻着一只鹰
独坐羌塘的人
眉头翕动，像是有马队要走出
身体里一定在进行着一场部落之争

我望望天，望望地
一把牵起了那个想象中的
老土司

掌纹上的密径

（组诗）

（陕西）姜 华

躲 雨

一场雨不动声色，给这个夏日
早晨，泼了一身冷水
我看见那些行色匆匆的雨
一身泥土味，追逐着、驱赶着
吆喝着，像我的父辈
在田间，把农谚追的飞跑

出门在外几十年了，我还未垒起
一个避雨的窝。当暴风雨
来时我会变成一棵草，身世
被那些风一层一层揭开
又合上。像在翻一本写满
方言的族谱，或祭文

我也想借一场雨改变自己的颜色
可是不能。尘世里的烟火味
阻挡了我的视线。纵然
人过中年，情绪的波动
有时仍然很难把控。就像眼前
这场突如其来的雨

四野空朦。微凉的雨水落在我身上
它正在淋湿一个世界

解 树

有些树生下来就是直的。有些树
生下来就是弯的，但它们都
被称为树。比如我

弯曲的身体，弯曲的四肢甚至叶子
也是弯的，果实也是。被伐后
烧成炭，炭也是弯的

现在，只剩下燃烧，燃烧
也是弯的。即使化成灰
灰也是弯的

苦 瓜

有些植物或动物，一出世就被
判了极刑。比如苦瓜，比如
乌鸦，比如我身上的胎记

难道一辈子，吊死在一棵秧子上
我也曾使用大棚、肥料和农药
可是，我的骨头还是苦的

我曾经看到，一只乌鸦被野猫
捕杀，体内流出红色的血
一群蜜蜂栖在黄连树上

若干年后。我已能从苦中
品出一丝甜味。并学会用左手
从黑暗里刨出光芒

活 着

这个世界上,还有多少人
抱紧虚拟的梦境,作为
活下去的借口

霜降过后一场大雪,消弭了人间
多少声音。这些世间的假象
在企图掩盖什么

几乎在一夜之间,山河被重新
洗牌。而我在60岁后
不幸患上了色盲

这多么纯粹的白,这多么
纯粹的颜色。这多么
纯粹的,掩埋

冬日登山

去年的旧路,今年又新走了一遍
遍地落叶如冥币,不知它们在
祭奠谁。那些剥去衣裳的乔木如
耄耋老人,在陡峭的寒风中
颤抖。一棵树正在使劲把风摇动
另一棵,和我一样寂寞

林中尚余几声鸟鸣,如响箭
被我伸手收入囊中。道旁
去年一棵健硕的桦树
已经夭折。诗友老肖叹了
一声说,草木死了还叫草木
人死了就不是人了

老肖今年64岁,血糖有点多
我小他一岁,血压偏高。再往
前走,空气就有些压抑
在山中空地,我俩坐在枯叶上
同白云、老树、荒草和兽骨
融为一体。如一盘残局

秋雾里的昭化古镇

群山如头缠白布的孝子。从甘南
来的白龙江,患了伤风。雨中
李白的诗句,尚在入川的路上

站在牛头山上,看昭化古镇隐在
一幅太极图里,像垒起的灰色
积木。它们在祭奠谁

建安十七年。河滩上那些有汉室
血脉的鹅卵石,一个个长满
獠牙,成为杀人利器

在嘉陵江上游。一艘梭子船从《三国志》
里滑出,上面放着黄忠的大刀
和一方生锈的帅印

时间的缝隙（组诗）

（黑龙江）墨 痕

古垛口

石头内有江山
它锯齿形的树皮凝聚一段历史

古道。丝绸。驼铃声
在我脊背蜿蜒——
我抚摸它
就有一匹匹战马被牵出来

河水从古垛口低身弯曲
苔藓似一面镜子，我是镜中人吗？
枯草，在秋风中弯曲
而远处的钟声
从残破的石隙发出的曲调
仿佛，一个古人在清平乐的词牌中
慢慢舞起的长衫

敬亭山下小坐

一切都得到了和解
平息处，让一个人
从灵魂深层交出了自己

苍远或妖娆，流水冲刷时间的顽石
这些，并没有打动我
我只想在这里坐一坐
把时间压一压
用草药粘合我的裂隙

是该平息怨恨了——
我们有谁在转动大地时空中
计算过自己，通向时光深处的暮年之雪

我只想在敬亭山的一棵樟树下坐一坐
倾听：石头内部的回声
贴近我化瘀的心，继续爱着——
这充满疼痛而又繁华的人间

阿姆河

它伸直了腰，是看不见流动的
草木，把它压得太低

如果把鸡鸣拆解，牛哞声隐去
你所确认河流那一滴反复在你灵魂中敲击的水
是不复存在的

当曲目散尽，我们返回心中认定的故乡
是我们在最欢愉中解不开的纽扣
它是我衣襟中牵扯的部分

现在，我在一碗酒中
把一枚贴进我的月色碰碎
如同，阿姆河一棵树上的鸟用每一片羽毛
验证乡愁

我在一片林木中站立良久
却圆合不了，从枝桠缝隙间伸出的回声
我目睹：一只羊，已迷失在广阔的大地之中

虚 空

是无所目的在几声蟋蟀的鼓噪中
目睹一根稻草的写意吗？
当然不是，它是存在
它是存在之后无法抵达的一种游离

我们用我们的内心无法抓住的一根绳索
它来源于末端的分散
它从一个具体向苍茫延伸……

它是静寂深处的一场雪
是任何温度也无法融化的有形之物
像水，在慢慢流动
而你却无法剥开每一波纹蕴含的山脊中
递过来的阴影

在康吉村，母亲20年如一日
当暮色围拢，她都会坐在木屋旁的石凳上
把自己，安放在无法破译虚空的颜色之中

谷 子

像所有事物都有它不为人知的门
一粒谷子，从内部涨满一个村庄

我们用手无法打开一粒谷子的内核

我们只能感知：它光滑皮壳所包容的白
一定是用蔚蓝，作为衬托

如同我们一生某一阶段无法倾听自己
一粒谷子的打开，让我裹紧了外衣
我无法用一粒谷子饱满的水
撞击出，内心弯曲的河流
为此：我搜索了所有鼓舞我的词

一粒谷子的隐喻，一个人内心的波纹
当我在记忆的磨盘之上
目睹：那些被剥开
而又从圆石的指缝间流出的恩泽
仿佛，康巴村的回声——
让我，缠绕在一棵白桦胎记的翻译之中

庭 院

门体斑驳。老槐树的回忆伸出墙外
院落里，一位母亲依旧像往常燃起香炉

三十年前，也是这座庭院
那时的狗尾巴花安详，石碾打盹
返乡的燕子每一次都能找到罩檐
……可是，他在一次修缮茅屋中从梯子上落下来

一炷香，在慢慢落下的灰烬中
也在腐蚀一个人的内心
当她推门移步院内，雨越下越大
此刻，她被一节摇晃的枝条撞了一下
那种疼——
仿佛一个人在深夜重重扣门砸击的回声

清晨，或夜晚的某部分（组诗）

（内蒙古）马端刚

与一棵树对视

包克图
只有你是泛黄的
钙化的骨质已经形成
浑浊的眼
与一棵树对视，各怀心事

大多时候彼此沉默
春一晃而过
五月的野草疯长
将寂静打破
有泪水莫名滚落
夏的动词飘过了阴山

藤蔓，枝叶
坦率的明，忧郁的暗
与迷茫的街道接壤
似有似无的梦
多么美好，多么不幸

再等一些日子
盛满烈酒的杯盏倾倒出落日
才发现灵魂是达尔罕的马

眺望着草原
辽阔天地间
奔跑才是长久的修行

清晨，或夜晚的某部分

枝叶间有风掠过
眨眼，眺望
窗口面对窗口沉默不语
追不上消逝的速度
夜晚失眠，清晨跳水
高悬的瘦弱，定数圆了又缺
孤独翻来覆去
两只雀忽高忽低
窃取了群马的梦境
陌生的人群像陌生的岛屿
怀旧的幻觉是暗处生长的悲伤
镜子只剩下苍老
一个人的过往
失眠，清醒，目光缠绕
一层又一层的绿，日夜假寐
失去的一分一秒增加
九种声音同时出现
你说过了什么
明亮或黑暗的事实
什么就构成
清晨，或夜晚的某部分

年轻的月光

影子朦胧
夜的雾弥漫

明显放弃了喧哗的事物
被遮蔽的时间
看不清底牌

十七岁的烟
慢慢勒紧了脖子
呼吸之间谁的身影浮现
刻骨铭心的那一刻
往事历历在目

那时候真好
拒绝的，渴望的
会怦然心动
会制造蝉鸣，发光的萤火虫
轻风在皮肤上滑动

爱与被爱
诸多的不确定
长久凝视是必须的
它只属于一个人
和疯长的裂纹

镜子与神经
抓不住青春的声音
河浑浊，乌云重
年轻的月光后半夜就老了
成为遗忘的合理性

与傍晚

白云游荡
不知道想要获得什么

不必成为谁
不必成为任何形状
用忧伤的笔触
描述辽阔无边的呼吸

与傍晚
隔了一座敖包的距离
蓝，开始炙热
等待着河水高了又低
缰绳，马鞍
填补达尔罕的天空

草籽漂浮在淖尔
模糊的平仄
在阴山的段落里吟唱
篝火燃烧殆尽
只剩下永恒的黑暗
火焰深处的羊群流亡

总会找到彗星
洞悉万物的秘密
那么就不会从马背跌落
不会在梦里迷失
而草地寂寥
残月在前，我们在后

世事如故

雾修改着意愿
悲哀显露在阴山的暗处

雨水过后
动荡不安的花朵
突然消失了
爱情的灯火醒来
照亮了抽象的城市

声音微小
羞涩顺着酒窝流淌
世事如故
似惊弓之鸟
遗忘了知晓的后花园
无数个徒劳之夜
猫的叫声
像十六岁的少女

残月裹在云层
更有诗意
泛旧的月光烟熏火燎
嘘，轻点
悬崖峭壁上
一粒石子的呼吸意乱情迷
风如缓慢的车
不欢呼，不流泪
一次次超越热烈的想象

夜　境

像孤独的童年
云，寂寞的
从一条街到另一条街

只有抚摸
才能仔细琢磨出故事
念念不忘的源头

风与风和解
骨头里的旧址还在
薄薄地贴在天际
只是视觉化的表象
落下去成为黑暗
黑与白的皱褶
虚荣，欲望张牙舞爪

雾霾与月光混合
一场遗忘
在瓷器的内部分裂着
挤满了无意义的
热烈与形状
泪是动词
朦胧了一对影子

不经意时
蚂蚁拖走了最后的粮食
汽笛轰鸣
在午夜叫醒浑浊的梦
灯火一言不发
等待与阴山的石头
一起坠入深渊

闪电藏在山后
（组诗）

（山西）王占斌

贺兰山岩画

当雕刀在石头上游走嘴唇之时
一场大雪就匍匐在山顶，大雪的白
使石头有了柔软之心

岩羊的蹄印盛满了露水
太阳端坐在石器上，只有一个
群山披着薄暮的盔甲，碎石狼藉
像先民们遗留下坚硬的鼓声

许多奔雷需要简单地勾划
先民们赤裸上身，随手的欢乐和悲喜
丢给神谕的岩，苍鹰伸出利爪
留下的黑，随着岩羊蹿上白雪的山腰

有时候沧桑是一瞬间的风暴
急流沿着腹地深入，像曾经的匈奴
将回望，只留给风沙和薄暮

唐河凹穴岩画

这生命的密码像极了
原野上随处丢弃的纽扣
像极了一次嘀嗒作响的轮回

大地上没有名字的草
因为荒芜而疯长
这些探出头颅的石头
依然怀揣着暗语在酣睡

这些深浅不一酷似梅花的凹痕
让薄暮悄然擦响蛙鸣
让雨滴来自天堂的叩击力不从心

一定会有一双看不见的大手
试图遮蔽什么，却留下了深深的印迹
像一场前不见古人的大雪
在风暴中依然锁定，纽扣一样坚定的头颅

觉山寺

在北魏，觉山寺还是个少年
敲钟人还觉得新鲜，在大雾弥漫之际
普渡了春色，满山的油松抬头望天

太和七年，南山和北山开始博弈
不知不觉博弈出砖塔和罩住的光阴
耕夫务实，山谷中的玉米

经历了万劫，修成颗粒饱满之相

大地之上的禅院，有了慈祥之态
让溪水流得更散漫一些
散漫成遍地的牛羊，遍地的山蘑

南山南北山北，寂静和空灵两柄古琴
日夜弹奏，弹奏出一方水土
灵丘是一盘棋，不论黑子和白子
都比春天，多出一种颜色

闪电藏在山后

春风的尾巴蘸着雨水
可劲儿摔打
八百里的绿一秒钟发出喊叫
谁能哼出一支歌，充满生机和得意

这春风的尾巴在掉毛，毛毛雨的毛
大地像一条蠕动的虫子
蠕动在睫毛上栖息的鸟鸣，布谷，布谷

诗歌和河流一样，需要一个生动的封面
三五声清脆，六七次拔节
万物学会了自己打赏

闪电藏在山后，摸犁的人被露水打湿
时光像一支圆珠笔，倾吐着衷肠
没有人知道，一不小心就丢失尾巴的
春风，此刻是多么地悲伤

在乾楼上望乡

远处的白云在吃草，吃光后
就剩下了故乡，一轮明月
多像浸泡在淤泥河里的
枣核，大过季节，大过炊烟

被小石山遮掩住的黄土城堡
正按住羌笛的笛孔
一路狂奔至破房和镇川
音调中夹杂着莜麦、土豆
以及黄花的喘息

让风一直吹吧，吹跑了白云
就剩下啃食甘草的羊群
心中爱着却一直远离
咀嚼过的贫瘠，大于人间悲欢

在乾楼上望乡，一遍遍地默读
村庄的名字，这时有一尾鱼
正被护城河翻来覆去地煎炒

而老屋的窗花，而房梁上的苔藓
以及被暮色弄旧的童谣，又一次
在衣襟上打了一摞补丁

春风以及闪电

我身体里的灰烬、春风，以及闪电
终有一天会相遇，英雄不问出身
我不知道该充当怎样一个角色
索性温好青梅酒，沉默不语或假装睡去
一个人那么容易就老去了，像极了
脚下的流水，从清澈见底到浑水摸鱼
一瞬间的事我却耗尽了半生
有些错误不能原谅，有些春风
完全可以完美地辜负，上山是为了下山
我所期待的闪电，其实只是薄暮
睁开的一只眼，刚好遮盖住人世间的
荣华，畅快活着就不在意曾被绳索捆绑
大地沉寂，你看到或看不到的岁月
如今拥有了飞翔的翅膀，在高处
在寒冷的更高处，像极了钉在墙上
陈旧的画框，怎么看都是灰烬
风一吹就消失的干干净净
干干净净，屋顶上的雪一夜就白了头

守口堡看杏花

黑水河推开村庄，露出猴子山
被谷雨之手轻抚的杏树
沿着宽谷一路狂奔

在守口，春已荡漾，杏花长发飘逸
我是一个被北风宠坏的孩子
厮守着遗传的谦卑

春已漫过腰身，漫过炊烟
在高山之巅，仔细打量墩台、垛口
还有被风尘出豁口的堡墙
与一株杏相依为命，饮尽了天地的孤独

一株被北风宠爱的杏，跨黄土的马
绝尘而去，所有的花开都朝着一个方向
这就是命，将越过烽堠的暮色
低低地压向山谷

四　月

春风被灰烬辜负
昨夜的思念无端长高了一寸
回溯时光的人，手执两只花篮
一只是四月，一只是从前
来来去去终归是一场空
敲一通晨钟，再破一声蛙鸣
击一遍暮鼓，再碎一声马蹄
我的错误在于
把记忆缝隙漏出的明月
当作了轮回

黑与白

因为黑,所以地中海白
因为白,所以苏格兰黑
白桦与黑豹
突然同时收到了生日礼物

这世界的春天
一定会有一个出口

云冈的雪

在北方,冬天是一个盘子
盛得下雪和所有的落寞
北风写不出答案的问题
就让冰挂来沉思,雪花来打草稿

大佛不知道的寒冷
最好躲进山坳,让一场
突如其来的大雪
一层一层织成棉被捂热

云冈的雪只是短暂的沉默
像尘土之上的跳跃
看上去扑天盖地
最终都会化为乌有

而脚下的道路越来越泥泞
大雪封山,暮色苍茫
尘世上的棉被越来越薄
越来越经受不住风吹

像一种静止的隐喻(组诗)

（黑龙江）张永波

在荇菜丛中做窝的水鸟

打破旧有的模式很多
一群水禽飞来了,让这片水面
充满了激越感,它们用诗意的冲动
在荇菜丛中做窝
枯草、败絮、浪涌和风灾
以及种族和领地的冲突
也阻止不了
——它们的爱恋

在白骨顶鸡的邻居里
只有低处,才可安放下心跳
才可眼观六路,耳听八方
高大的苇丛,或菖蒲间
仿佛都是一丛危险的
参照物

夏末,我们看到荇菜丛中
露出了小雏鸡的叫声
它们会有一段未来的
好时光
只有我才在这世间

被一些琐事
缠住了手脚

月见草的生存法则

一株月见草，不长在画布上
也不长在镜头里，它不分枝不分杈
更不攀高结贵
花序穗状，果实宿存
风风光光的静卧
在莲形的基座上

它让我谨慎的模仿
不去声张，也不卑不亢
以一己之力，努力地去体贴别人
把手中仅剩的芬芳
留在世上
以露珠的清纯
洗去远行者的风尘

它以花为药，蒴果为屋
独自一人
悄悄绽放着幽香

伯劳鸟

森林里，它的身影很诡谲
凄厉的叫声，让蜥蜴在想
等害怕消失了，等黑夜消失了
再上路——

躲藏是生的助手
在伯劳鸟归零的作息时间里
树林出现了暂短的宁静
像一种静止的隐喻。那些
软体动物们，对寂寞保持着
高度的警惕
它们很懂得最好的相处
就是尊重彼此的孤独

此刻，伯劳鸟试图
以一副胜利的嘴脸
神秘的远离人群
以少有的德行，占据了
这片森林——

金鸡菊

多想在花好月圆之时
和你因在荒凉的过往中
穷的只剩下蝴蝶，蜜蜂
可以相伴相随
面对轻风

无穷尽的眼神，清澈的期待
在怒放的文字里，挤兑出
欲言又止的芬芳
那书写下的豪言壮语
是痛楚永远无法的描述

静静花园里，有一个人
在此居住多年

它的春夏秋冬
年年千篇一律的相似
花生花落
从不会乱了章法
开得顺其自然

益母草帖

百草中高调益母的草
夏已过半，那些草多以花为荣
以仁者之心，去赴汤蹈火
去修养己身固有的
精气神——

一棵草以益母的
比喻和属性
把人间恶露不尽的苦痛
用一滴水的名义
在汤头歌的章节里
煎熬成药典，煮成月光
和一声轻轻的感叹

用一滴水的力量
为母亲疗去黑暗、冷漠
那立竿见影的纤细身形
收集大地精华，化平淡为神奇

从此，天下的母亲
站在这片草丛中
手抚摸这片片新叶
把自己站成了

母性的一片时空

矮牵牛花的册页

仿佛是一次集体的失误
矮牵牛花对高处的事情
从不敢兴趣
心盛的枝蔓肆意的攀爬
在自己维度里
那些呈现与标榜的灿烂
被一只只碗装满
从初夏到深秋也没看到
它的疲惫状况

它们不懂泛滥，也不懂择机而动
饱含知识的脉络
抱住风雨，抱住生死
达到理想的时段
展示、绽放之后
转身，就消失了——

对身边所发生的一切
它们保持着沉默
以修正的态度，无声的谦让
让安静下来的我，什么也不做
什么也不说
只是伫立在它们身边
以侥幸的心态
看它们的身影
与自己有什么不同

搁浅的小船（组诗）

（江苏）冰　岛

秋色中的天堂寨

满山的树叶，绿的
由浅到深
由淡淡的黄再到金黄
就这样，由树叶
把秋色带到了人间
——天堂寨

满目的秋色中
金钱豹、白冠长尾雉、安徽麝
不见踪迹。只听到
哗哗的流水
一路向上

山有多高，水就有多高
白马大峡谷的石头
顺势登山
高耸的大峡谷的石头
裸露在河床
无言的在诉说着
流水，曾经的宽阔和湍急

此刻流淌着的青溪

是大别山看得见的灵魂

有风声，脚步声响起
银缕梅、五针松、香果树
正好穿过瀑布群
我竟怀疑
这是不是就是我们后半生风景

登月湖似一面镜子

雁阵披着霞光
已经南飞
松鼠从这个枝头蹿到
那个枝头
登月湖的鱼，缄默不语
却知晓村民们的善良
和乡间藏不住的
红色基因的传承
雨花石，是泥土里的
最耀眼的星星

粉黛花海是月塘上空
飘着的一朵祥云
仿佛有谁伴着祥云
即将下凡

淳朴的民风冲淡了
喧嚣的距离。数万年前
融入石头的内核
波涛无论是否汹涌

登月湖就像八月十五的一轮皓月

月塘，飘着的云彩

这是天上，在人间取出的
绯红的彩云

飘落在那个
叫月塘长兴的
秋日的田野上

那云彩由千万颗星星
织成。童心、好奇心
心心相映

童话般的稻草人
是谁的替身
决不肯挪动半步
守护着天边的一角
梦中的家园

风是香的，梦是甜的
就连脚步都像飞鸟一样
是轻的

在祖国的大地上
仪征，迈开征程，匹配着
一座古城的征服之心

搁浅的小船

潮水退后
沙滩上仅留下石粒 瓦片 贝壳
和一艘搁浅的小船

深浅不一的脚印
踩出，清晨的早市
并闹哄哄地散去
一地鸡毛的烟火
还原了生活的真实

浩瀚的宇宙，满天的繁星
最后只剩下寥若晨星
才是永恒的照耀

山下喝彩，你在山顶
听见的唯有长风伟岸的豪言
兴奋的只是喝彩的自己
是谁在给走夜路的人壮胆
装睡的人你何曾叫醒

而你内心自带的
不息的鼓点
或将点亮人生随处可见的风景

午夜时分，流水
刚好遇见正在盛开的花朵

痛快地饮酒

我用铁环
把太阳
滚下了山

第二天
我又用一根长线
把太阳
从海里钓出来

中间晒月亮
并指认
哪颗星星是你

下雪的夜晚
豪饮被月光过滤过的雪花
醉上千年

人间万象（组诗）

（山东）紫藤晴儿

城　墙

隋朝的风吹来，它能够唤醒的历史
似乎又在纹丝不动
一块砖在时间的正面惊掠人世
流水苍茫它在一面墙的背后
我们不知道的过往，又在探寻哪些过往
人心能留住是一面墙的挺立
远去的马匹似乎也在返回

时间在一块砖上复述，时空没有远近
蓝色的信仰和大海都在谱系耆慈悲
尘世在一方水土中安顿。城墙内外是时间的
踪影
我们去追溯命运之中的意义
向着一块砖敲响时间，时间响彻着
久远

假　山

时间的棱角隐喻更深
历史的风吹打开的究竟是什么
悲欢都是世人的常态。我要在此遗忘悲苦

隋朝的太阳落在肩膀上。光的普照
没有寒凉。冬天的雪在骨头中白着
父亲已死去多年
但我也幻想他在隋朝走动
岱庙下有他的生存之地
一座假山下我能寻回他的影子
古老的记事他可以是那个守园的人
暮鼓晨钟都在经过他年轻的心
树叶生发的记忆他能记起的不是我
一座假山构想的太远又太近
我知道苍老的人间无论在哪
父亲总是在侧身而过
唏嘘是一块滚落的石头，再次敲痛我

侧柏赋

一棵树绕向历史
庙宇在枝叶间展开
庞大的恩宠一定属于时间
我们走向一棵树的寂静
悠远于它的又在拉近
世间的拥有它在风声中对答千年
世事婆娑，恍惚于我们的又如一个瞬间
古老的对唱感应那些奔流而来的
奔腾而去的事物
飞鸟遗落了旧时的羽毛
光影中的捕捉有隔世的山水
一棵树的时空让感知似乎都在
觉醒
我们也是站在不同朝代的我们

人间有被征服的爱，我们忽略了粗狂
你看到树皮的细微和光滑，它也在
　默察我们的心
爱总是可以表露无疑

残　雪

洁白的余留我们摒弃所有的尘埃
世事被渲染的都如光明
蝴蝶陷入花丛。人间万象都如雪花的走动
有轻起轻落的翅膀
步履之中我们所践踏的都像是一个错误
迈出的脚步进退两难
还好，高洁之上的灵魂
等同于雪的都是思想的羽毛，高处的缥缈
保持着爱的警觉

这个冬天雪的风暴在强化冬天的立场
一层覆盖过一层的苍茫，河流冻结了所有的
　想象时
雪是唯一的动荡，浮动的光阴我们
　只留存那些
与雪相关的部分。可以和光一起并存的
修辞
你也在给予自身一个唐朝或一个诗人的身世
一场雪也落在了
古代

昼夜的漂白事物都在退向自我
信仰和一场雪同样在洗礼人间

白菜和雪

冷的尺度绝顶于一场热爱
断然于冬天的到来,我们能够窖藏的白菜
是另一种雪,卷起的日月
是丰收的归来。雪白的叶子铺陈了
一条河流的去向,我们能够理解的生活
无非如此。川流不息的拥有
善念和爱意的重叠
掌纹里的汗液滚烫向字里行间
大地之上的书写勤劳总是免于疾苦
雪吻合了心,冬天铺就的诗行
也是无限的雪。我们未曾有过任何缺失
丰盈的也会是一颗心的顶端
大海的旷世晃动着潮汐
澎湃的激情在应对一切的现实
我们在一棵白菜上找到的对白永远没有杂念
雪落在雪上,人间有一寸寸的白
菜畦也在被雪覆盖
冬天之中我们也在和万物站在一起

湖水结冰

凝结的一滴水也是无数滴
冰片上有平整的世界,也有残缺的世界
我试图去打破那些统一
让水漫上来
我知道一些事物总是会患得患失,
　水中的法则
只有流动才有意义。黄昏中有落魄的人
黎明中也有探险的人
我无法用自身试探冷暖时,欲望总是会
　缩小在它的
瞳孔中
鱼在冰面下游动,托起的梦魇可以
　是一场觉醒
人间的温度只有爱的火焰
你看到事物的膨胀都是带着某种外力
也会带着某种使命
我们怅然于湖水的高低,冰层中加深的厚度
也如时间的明镜
什么都在历经着考究。爱恨都在落叶中焚烧
春天归还于冬天的还是流水的源头
万物的初衷

晒 羞（外四首）

（湖南）余海燕

高岭上的羞女地

因冬日的来临而老去

又因春日的光顾而重生

她一次次地成为老女人

将自己翻晒

她的一生旧如古陶

却如此美丽

绿釉如裙裾，向江边肆意延展

他奉上桃枝时，枝叶上有隐忍的花骨朵

需要等到来年

方能绣出花开的盛宴

此刻她慵懒又煽情

伸出双臂，拥抱青山

脚踩江水时云帆点点

浪濯白了天空

羞女被江神诱惑

她的细枝末节被旧陶之片钉住

无法起身去往那广阔之地

谁的局处下陷

有神的旨意在

她谁也不见

皮影串联

被光撑开的幕布里

一群牛皮的影子唱着牛皮的戏

它们着彩衣

骨骼清秀，被绳串联

唯一没被串联的唱音

常被隔离着，栅栏中的光，光阴中的尘土

从另一个世界出发

劝学、警世、求官、发财

都在这咿呀声里

遁世、开眼、明光、串联

铜官窑

窑神黑着脸，手提铜钱

被人烧香叩拜，他底座的柴窜出焰火

围在他身边的人唱着大戏

女子投入火中时，窑神红着脸

他愧疚于对时间的把握

愧对于女子的献身，他只好将火焰往上拨了拨

拨出了"女儿红"，拨出了旷世之恋

比如"君生我未生"

比如"我生君已老"

火焰越拔越高

已经拔到了龙的尾部

龙伏在山坡，被锲子钉住

当火熄灭于尾部时，锲子已自然熔化

龙腹中的物品从湘江流出

从枝蔓般的血管中流出

现身于世界的桌面上

用来插花、煮水，过一种俗世的生活

书堂山

稻香泉与洗笔泉的命名

得益于两个完整的故事

现在，在食物充裕的今天

我们可以对稻香泉忽略不计

隐蔽的角落里

那块被疯子撬去她钟情字迹的石刻上

有些斑驳的苔痕

这是盘坐于碑刻前的老者

用三天时间来计算一生的距离

这种距离即将拥有颠覆性

面对这重要时刻

老者是严肃且谨慎的

他曾在一场战乱中失语

背负刀伤与离情

辗转逃离中，他用手中唯一的武器

扫出了一片高地，现在他在此冥想、结缘

让每一个前来叩拜的人

在拜台前握住他曾用过的笔，沾上泉水

写下五谷丰登，写下六畜兴旺

桥头驿

青竹桥的失踪缘于一次事件

它与流沙河曾拥有隐秘的恋情

后来河流挪直身子，对桥不屑一顾

桥在孤寂中被风抹去痕迹

马踏在麻石古道上的蹄印

朝着中原的方向开满花朵

深浅不一的车辙里，称出了货物的重量

称出了历史的沧桑与厚度

马号岭圈养的马在饮马湖中喝水时

需要与流沙河来次深情对视

它们像流水的兵一样总是被替换

在望官楼上瞭望的驿丞

偶尔也瞭望到了红色的信笺

下马石鼓起腰身

卑微地蹲伏在驿馆前

看驿卒在风中涨开的身子

越来越近，越来越拥有匆匆的行色

下雪了（外三首）

（山东）于 玮

那年我们三个喝酒
喝着喝着下雪了
雪花铺满大地

一位拾柴的老人来到屋里
背着整座山的树和所有的雪花

无眠的夜

他掳走了我的月亮
而玫瑰却盛开在后花园里
一个跛脚的猎人盯上了一只青蛙
路标却指向了沼泽
星星忽明忽暗
一位年轻的姑娘在咽咽诉说
心上人不知了去向
我的孩子去了深山砍柴
今夜我只能坐在门槛上

一场大雾

我朝你笑
你愣住的眼神
让我想起一场大雾

那是一个春天
五彩斑斓的花开出了深红
一夜间全部落光

一个陌生女人
她从远方来找我
告诉我一个关于我自己的秘密

我的哥哥

多年前
我的祖父点燃烟锅
我的姑姑将我抱起
堂屋里飞回了燕子

正是立春
黑山雀不停地鸣叫
谁口袋中的信掉了出来
随着河里的水漂远

路途上的马队将往事带远
花的香色在太阳下变得幽眇

那条通往京城的路
走着蜷着身子的哥哥
春天的风，把他送出很远

失血的甜（外三首）

（安徽）徐春芳

亲爱的，我害怕靠近你
正如爱离恨很近，地狱离天堂很近
秋月离春风很近，梨花离飘落很近
梦想离破碎很近，蛇离飞鸟很近
我的窗台，离你转身的背影很近

微风的语法，是吹开海棠和杏花
是吹落黄叶和阳光，是笑和牵手的前奏
雨在等云，我在等触电的感觉
赭山的树木，投影如刺猬的刺
让我的心被蟋蟀踩着忐忑的琴键

生活的不确定性，虚拟了薰衣草的早晨
我在你的体香里醒来
鸟鸣在树叶上流淌露水，歌声
包扎了失血过多的感伤
流年不断增长的流量，让我看到
长江卷走了多少在世间
挣扎的呐喊的沉默的面孔
向上苍献祭的羔羊，是我们的烦恼和苦难

熟悉的旋律，选择了细雨吹过蔷薇
那些日子里闪耀的露珠，在我的竹叶上
　滴下清响
那是落日飞溅的时候，你走过街灯的寂寞身影

丈量晚熟的故事，被我在枕头上
　反复温习的故事

秋日断章

一枚落叶拖着斜阳
你看到，秋风敲起了晚钟

当天黑下来，鸟巢
提供了栖息的天空

你在月光里打坐
眼前重复花瓣的面孔

冬　至

一
西风算清了旧账
落叶一片也没留下

二
云朵开始了肌肉痛
落木开始了关节痛
天空蓝得发烧
孤独开始了无症状感染

三
雪月花时
梦垂下夜色
你想谁时，谁就来了

在人世间活着
（组诗）

（四川）云 兮

夜 雨

雨水刀片一样
把所有好的和不好的事物
都割入它的暗影
此时房子安静，鸟雀安静
黑夜的灵魂开始漂流
一些叶渣浮起，鲜花落下
思想和感觉拉扯着神经
你努力抛弃它们，进入一种空茫
被雨水任意冲刷到哪里
穿过了无数的高山，河流
一段又一段岁月
最后在一个陌生的地方
在自己筋骨之处
听到了雨刮着腐肉的声音
一阵，又一阵
很疼，你没有躲
醒来的第二天
有人终于找到了你
开门看见一个新鲜的孩童
长着和你相同的脸，身下
是刚蜕下的一层落叶

四
对一年的回放
从一片雪花开始
白得欢喜有点肿

五
冬至而后春生
梅花是去年的花
还是今年的花？

当你采撷一朵
春风便荡漾在鼻尖

六
三杯冬至酒
眼前雪初晴

爱 你

爱你到红豆常采撷
爱你到携手忘岁月
爱你到白发千尺雪
爱你到青春成白骨
爱你到山河尽枯竭
爱你到地球无凉热
爱你到星河不旋转
爱你到太阳光熄灭
爱你到宇宙大爆炸
爱你到轮回皆消歇

城市星星

多年后，房屋的管子开始生锈
同时开始的还有她的颈椎病、肩周炎
我早就备好了工具
为矫正一些变形和坍塌
我熟悉了每一种钻头和螺刀的功能
屋子的年轮那么真实，用铁锤敲、水泥抹
凹裂的墙面趋于愈合。而她
对着镜子前化妆瓶叹气
说家乡的空气和风
不会让她的骨头生锈，太阳可以穿过窗口
听得见爹娘隔着小河唤她的声音
现在，我放下了工具，医生放下了手术刀
玻璃外墙上的工人放下了绳索
城市又归于完整
下水道里，听得见河水流动
阳光进入太阳能热水器
鹦鹉学着电视唱歌
声音在笼子里徘徊，它的主人
会在夜里提着它
去二十六层的楼顶上看星星

寺　门

纤细的手指急切地拍着大门
发髻湿润，脖颈如雪
那些鲜亮衣饰上粘着雨水的枯痕

许久，里面传来了风声
与身体里此刻的雷电雨雪回立

她突然泪流不止
门上的凹痕，像极了
手腕上割开的一道红唇

此时天空开始放晴
与昨夜的月色相映
与一只盛放霓虹的酒杯告别

她回望一眼寺门
脸上有着雪山的宁静

乞　讨

每一次我从天桥经过
总低着头，眼睛躲避着
那些以残疾装扮或被折磨的人
为了乞讨，畸形躯体躺在地上
对于救赎之事，我也无能为力
一些疾痛该由上天来行使使命
比如，那个断臂妇女
她旁边眼神呆滞的孩童
比如，那个瞎眼男人
他旁边背着书包跪着的少年
我经过他们，头顶着卑怯和羞耻
——这更似在向神灵乞讨
没人知晓我的贫乏
这无法完成的有限的悲悯

时 间

今天小区角落多了一个人

听到我招呼
她脸上的菊花忽地散开
身体的枝条开始晃动
她说她也是来锻炼的
有高血压，糖尿病，冠心病
膝关节问题使她的活动范围不断妥协

我说我要走了
她继续说儿女们都很出息
外地的孙子们
每天都会打来一个电话

我说我真要走了
她突然问
闺女，明天你还来不来这里

偶 然

街头的叶丛
正泛着嫩绿的光
这一切都会顺理地出芽，开花
就像她，摘掉了医院的呼吸面罩
一些流动的空间便倾泻而来
气息穿过毛孔奔涌
长出了春天该有的样子
就像它，一颗芽尖皮肤澄亮
绒毛温软，正躺在斑马线上格格地笑
枯萎需要一段时间
一些疼痛并不适合叫喊
离开母体的血液
仍在流淌
当一颗幼芽从春天的树上偶然坠落
街上依然人流如织，她听到了
一首蓬勃的音乐戛然而止

散文诗档案

北野,中国作协会员,中国诗歌学会理事,承德木兰围场人,满族。在《人民文学》《诗刊》《中国作家》《十月》《青年文学》《民族文学》等发表诗歌、散文、评论等。出版诗集《普通的幸福》《身体史》《分身术》《读唇术》《燕山上》《我的北国》等多部。获孙犁文学奖、当代诗歌奖、中国长诗奖、河北诗人奖等各级奖励,作品收入多种选本并译为英、法、俄、日等文字。

湖岸与鲸鱼(组章)

北 野

倾斜的城市

在一座接近入海口的城市,我问身边的人——我们如果要在波浪上建筑一座高楼,你希望它长成什么形状?火柴盒、大裤头、或月亮的样子,魔鬼屋,还是臃肿的蘑菇?

其实我知道:几何的图形用于玄想,尖锐的钢铁用于插入泥土,而混凝土则会快速把人类变成石头。

楼群跟着波浪在风里漂,风声把它们摁

倒，扶起；风声又会把它们开出许多窗户，让人群钻进去，等人群从另一个方向钻出来，他们已经变成了白云。

我们在更大的水面上，聚在一起，成为生活中陌生的朋友；城市用阶级、抱怨、雾霾和梦，设置了多少漩涡和陷阱？城市也让跨过桥栏的溺水者，变成了一座埋在水底的墓碑。

现在波浪接近的两岸，正拥挤着无数灯火通明的城市和乡村；它们是人间美丽的倒影，现在的他们，是多么幸福啊，那些钢铁的笼子里，照出了一片纸醉金迷的面孔。

现在我用河水洗着他们。这弯曲的夜晚，我要用多少条河流的水，才能洗净，这淤泥里喷涌而出的人群？

湖岸记

斜阳沿着渡口，走出一条曲线，它接住的山脊和帆船，静静地滑过山谷。鹧鸪做了水鸟，它在水底叫着：种田，种田……急迫的人，忽然白了头。他扛犁杖，牵耕牛，过涧，不回头，转身就是千年。

天空总有披蓑衣的人，从云中垂下钓竿。水面一朵白云轻轻飞过，它的巢，是红彤彤的卵。它孵化的燕子，对待生活的态度，轻易就被改变。浓雾中的河泥是雪白的，这死过的贝类，在它的巢中闪闪发光。

这一天终于到来，它们把家，安在一排乌黑的屋檐下。这远方的灯盏，延伸了我的视线。我在晨光中出现，我也在夕阳倾泻的湖岸出现，蒲苇草，保持了风流动的形状。

柳根鱼在阴影里穿梭，它们像无赖的孩子，在啃噬长满鱼腥草的两岸，然后像月牙一样，分开波浪，藏回水底。

它安静的时候，并不改变我什么。它沸腾的时候，只是把我的身体突然分开。红嘴鹬巨大的翅膀，拍打着水面。草坪上的水车，用扬起的音乐水柱，与它做着远远的回应。

我头枕着一本书，躺在岸边。这是一本永远也读不完的书，我熟悉书中的一切，像熟悉我心里的世界。我觉得冥想可以清除一切，而爱会生成另一个世界。只有怨恨，才会让心灵彻底毁灭。

青蛙，昆虫和蚯蚓，都是沉睡的火焰。七节蛭像一列无声的火车，它用一道光，快速分开水面，滑入远处。此时我醉心于江河跳荡，四季平安；我醉心于对立的漩涡，它筑起了一道蓝色的幕墙；而我的内心是安静的，我有一堆影子，像露珠一样挂在树枝上。

幸福的黎明降下肉体。幸福是一个婴儿，它明媚辉煌，汁液饱满；洁白的牧羊人出生在草地上，晨曦和湖水，发出耀眼的光环。

在这里，"我听不懂死者的语言"，但死者始终在围观。我安静地活着，像诗歌的亡灵，在享受着一场明亮的睡眠。

鲸鱼日志

鲸鱼升出海面。即使,它潜向海底,渔民的木船和军舰,也可以找到它。

它巨大的烟囱,是孤立的。鲸鱼喷出的水柱,是交配的提示,而交配,需要千里迢迢的祭坛。这和它伏卧在月亮里是一样的。

风声在山林中堆成虎丘,鬼魂在夜色里画出坟墓;喜马拉雅山如果站立,谁将触摸到它的虚无?

航海者经过的世界,可以称为大洋。一个妄想症患者梦见的溪水,只能是孤岛上的一条河流。这个穿黑袍子的修士,它大腹便便,但它确实是来自古船舶幽暗的海难;它所占据的教堂,是来自上帝的一场睡眠。

它巨大无朋,丧失比喻和形容,它是海底一堆缥缈的瓷片。

冶炼和镂刻的手工,起源于大洪水,它始终被咒语所驱赶;亚力士多德住在危机四伏的古希腊城堡,他梦想着为奴隶在海边建立一个国家——大海是他蓝色的臣民,波涛围绕在身边,他想变成一条露脊鲸;他想到田园和灌溉,而淹没只在哲学和谬论之间;绝望的时候,他的想法是——在东海上,见一见庄子,然后,去找一座可以睡眠的深山。

触须不可挪做他用,它是思想的廊柱,放在身后就是一副安全气囊;在大海里飞行,它可以保护高速行驶的自己;此时,琥珀的眼泪,并不能救起流血的人间。

一座山冈,驰入真理和幻觉。一个老渡口在迎接古堡一样的船队,当它们,在某个旧世界,幽灵一样出现;它巨大的影子,臃肿、粗粝,寄生了岩石和苔藓,通过肺部过滤的涡流,一直要到达火山岩。

虎鲸,座头鲸,抹香鲸,矛头鲸,杀人鲸,白鲸,领航鲸,蓝鲸……这个温暖又恐惧的集体,在深海的宴席上,它们奉献了血液,肌肉和骨头;而运载香料的海盗船,吃水最浅,人类所需要的香气,相比粮食而言,它是最轻浮的。

为此,龙涎香始终飘浮在大海之上。而献出歌喉的海豚,只需要一次仪式感,它突然一头撞向黑夜中的海岸。

整个人类,为了应付时事之变,城市一下子向后跌倒;又大又圆的月亮,惊恐地停在大海上;而我们自己,却成了岸边一排排被强气流充满的暗堡,黝黑鼓涨的身体,让大海瞬间变成了一个危险的斜面。

一本航海日记,放在鲸鱼墓园里。半夜有人经过,总是看见一群蓝色的古人,在沙滩上打井,筑城……他们在一帧默片里,没完没了地劳动。

而大海在远处。大海无边。

岛屿书

月光照耀它，黑暗也照耀它。亡灵不想让它升起，就把它挤到了世界之外；亡灵不理睬它，它就站在那，变成了世界的阴影。

我愿意遇到一轮明月，她是一个叫忒提丝的女人，这个光洁的裸体女人，肩胛骨插着一根丝丝响的长笛；我还想遇到一个浑身长满海藻的男人，他是黑暗的厄瑞波斯，他的大脚蹼，控制了整个大海的速度。

当他们相遇，天啊，这真要命，它盗用了我一生的机会。现在他们把我换掉，发现者把命名变成了掠夺，高高的悬崖，为此升入天空。

浪涛汹涌的时候，我在乌云中接住了一个霹雳，它和冰山一样，有明晃晃的刀刃；而我的身体是一部篆书辞典，每一块骨头里都埋着电闪雷鸣。

船舶并不是思想的陆地，它们只是大海的敌人。在海盗的大脑中，它们可以搬空整个世界的财富。这盲目的人生，如果我因此失明，怎么办呢？那个时候，我就与荷马站在一起，盲荷马手里的魔杖，就是献给大海明亮的礼物，诗歌在黑暗中带着灵魂的光束。

整个世界都围绕着它，像诗歌围绕着一片亡灵。我祈求大海为我送来一座大钟，孤岛一样的大钟。把我藏进钟声里吧，如果浩瀚的巨浪把它敲响，那就为众神送上黑暗的赞美诗，赞美诗里埋着长笛、刀斧、月色和雷霆……

发现者和叛逆者，一起在岛上生活。流亡者和遗民彻夜无眠。他们为天下人订立了道德守则；答应供给我子宫和奶水的女人，在岬口上站着，像一盏古老的灯；为风暴和火山辩护的人，快速变成了食人族黑乎乎的领袖，他地位稳固，一越千年，即使是一道哲学的闪电，也不能把他穿透。

在大海上漂泊，连魔鬼都讲实用主义。你够到金星，火星，冥王星……你够到它结晶的火焰和炸裂的碎片，那一刻，每一个浪漫的甲板上，都会站着一个鲁滨逊，一个星期五。

现在，他们开始对大洋产生怨恨。他们开始排斥"哲学"这个词。当他们对"道义"发出讥笑，土著人愤怒的犄角，就从颅骨中突然冲出。一个什么也没有的孤岛，被发现了属于人类的恶和美。

当我远眺，我看见人类的头顶上，正压着一团幸福的乌云。

郭辉，湖南益阳人。中国作家协会会员，一级作家。有诗歌作品散见于《诗刊》《人民文学》《十月》等刊物；作品入选《新中国60年文学大系·散文诗精选》《中国散文诗90年》《中国散文诗一百年大系》《21世纪散文诗排行榜》《中国年度诗选》等选本。著有诗集《美人窝风情》《永远的乡土》《错过一生的好时光》《九味泥土》等。曾获加拿大第三届国际大雅风文学奖诗歌奖，第五届"十佳当代诗人"奖。

赞美闪电及其他
（组章）

郭 辉

雷 击

消失了，却还存在。

那么多的物事——

焚烧过的树干，破裂的石头，倾斜的塔身，还有跌落的鸟翼……

——都在印证着来自天庭的重判。

声音一去无痕。

然而，威严犹在，暴力犹在——

让目光焦灼，血管痉挛，心肌战栗，至高无上的皇冠摇摇欲坠。

这无法抗拒的规则呵！

存在着，远未消失……

赞美闪电及与闪电有关的

赞美那精干或者多须的闪电——黑暗中的银蓝，天空中突然裸露的血管。

赞美那被闪电所剖开、所撕裂的混沌。此际，星星何其遥远，何其渺茫，但必将如约归来。

赞美万倾波涛之上，那一根被闪电缠绕着的孤傲不羁的桅杆。

——它正在无畏地向着深渊倾覆。

赞美野地里那一只失眠的蟋蟀，收到闪电所给予的光谱，它还以希望之声。

同时赞美——

石头、泥块、花瓣、落叶、草籽、蚂蚁、马蹄、牛角、鸟鸣、狼嚎、钥匙扣、蝴蝶刀，还有火中取栗，暗自垂泪与病榻之上的奄奄一息。

一瞬间，它们都因闪电而灵光闪烁。

我还要赞美我的头发——柔软，细小，一天天坚守在我的头颅，由密而疏，由润而枯，由青而白。

一辈子遇见了多少闪电，它们——

就为我签收了多少闪电。

血 亲

天空湛蓝，五月葱绿。

步行道的池塘边，一只孤单的黑雁，摇摇摆摆，踱过来，又踱过去，仿佛正在为姗姗来迟的春色，注册不安。

我与妻子恰巧路过。

它抬头一见，眼睛里刹地发出了几道惊悚之光，身上的羽毛，一根接着一根耸立了起，神色不安，如临大敌。

先是咕咕咕地低吼，然后又嘎嘎嘎地嘶叫。

往前走几步，停一停，再走几步。

一对脚掌，踩踏得地面嗞嗞有声。

突然，它双翅抖开，一飞而起，又尖又硬的嘴喙，如同追魂夺魄刀，气势汹汹，直朝我们啄了过来。

惊恐莫名之际，不禁连连后退。

在我们的印象中，黑雁一直优雅如绅士，在水里浮动时是悠哉游哉，在岸上走动时也是悠哉游哉，与人亲切友好，和平共处。

今天，我们实在不知道，到底是如何招惹了它？

一退再退后，我们停了下来。

它也不再追了，而是收翅返回了原处，立在池塘边上。

我们按住心跳，举目望过去，眼尖的妻子一下瞧见了，在雁身旁的绿草丛里，卧着三只粉嘟嘟的小黑雁，小嘴嘴翘着，小翅膀抖着，就像是刚刚拱出枝头的含笑花。

——是它的骨肉！

——是它的血亲！

暴马丁香

硕大的花冠，那么白，那么白，距地三尺，冲天而起。

不应叫作花了。

分明是——卷起千堆雪；众香国里的白日梦；有根有须，飞不走的白云彩。

小南风吹了过去。

一波一波的清香，如同千根万根柔柔的针尖儿，一齐扎过来，扎得所有的嗅觉都麻麻的了，酥酥的了，晕晕的了。

沁心入脾。

此香只应天上有，人间哪得几回闻。

吸纳了那么多日精月华，春一点破，就吐无字真言。

叶子说叶子的——饮阴阳，饮雨露，一身重绿，天赐予。

花朵说花朵的——春光深入了内心，开放是内心的愿景。

蓝蝴蝶说蓝蝴蝶的——自在之香，灵魂

之光。

满满一树，都是道行高洁的心得。

从不自恃，自傲，自得。

以一颗平常心，开在当下；以无声之声，弹拨芬芳变奏曲，香远益清。

——春之神的白银冠！

野蔷薇

无心无肺，无牵无挂，总是待在山溪边，待在坡坡坎坎上，过着自己——

不谙世事的小生活。

叶片儿绿得太开心了，花朵朵呢，则红得像是喝多了小糊涂仙，常常不管不顾，一扬嘴，就把透明的没有丝毫隐情的芬芳，大喊了出去。

不胫而走。

却在半空中，被许多的阳雀子，接住了，衔住了。

阳雀子都有好心情，它们带着七分清醒三分醉意，朝春夏之交赶路，把这一些小规模的馥郁，驮运到了至少九里以远。

香薰薰，香扑扑，香远益清。

这些没有胭脂气的芳魂，一直把山川大地，当作自身的庇护之所，亲近着，挚爱着，百依百顺。

但是，也悄悄地在某些部位，藏着像麦芒一样的任性。

如果身边的春光，渐渐有些慵懒了，怠懈了，就会不由分说地亮出柔韧的锋芒，刺上一刺——

让那些美好的物事，重又抖擞起来……

梨花雨

梨花一开，雨就酥了。

这场雨，打从昨夜里就像醉了酒，从布谷鸟催春催个不停的舌尖尖儿上，顺溜了下来，滑落了下来——

浇湿了几多春梦。

下到早上，愈加打起精神了。

晃动着一千口一万口白花花的针，在林子里，在枝条上，缝过来纫过去，一不留神，就把人间的二月，绣成了梨花的故乡。

又踮起脚尖儿，像一群水灵灵的小女孩，从梨花村的东头到西头，甩开洁白的裙服，跳起了乡土芭蕾，将梨花的香，舞得遍地流淌。

还一起亮开了甜甜的小嗓门儿，吵吵吵吵，哼唱着只有山里人听得董的风谣俚曲：

"梨花开，白如雪，

梨花舞，像蝴蝶，

梨花落，落在姐姐蛾眉月……"

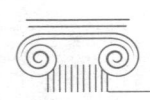

梨花梨花，有多少白亮亮的蕊，就有多少明晃晃的插头。

借了雨的线，牵牵，扯扯，密密，麻麻，把风情万种，一齐插在了——

春深处。

雨　脚

雨是有脚的，但是——光着。

光着好。

俗话说，光脚的不怕穿鞋的！

就因为光着，才能把所有的脚尖，一颗颗一颗颗，如同银亮的钉子一般，全都钉进了黑黝黝的泥土里。

有点儿痛。

更多的——却是赤裸着的快乐。

雨脚呀，性子急，步子也急，总是在赶着路。

一忽儿就走过了千村万寨，万水千山。

是不是正在向泥土中的种籽，树枝上的包点，传递春催万物的急急令？

又或者，只是要唤醒地衣之下，那些黑色的紫色的灰色的蚯蚓，赶紧将一声一声的啼鸣，汇入早春的合奏……

天雨流芳。

这自天而降的赤脚挑夫呵，它心意拳拳，追着赶着奔赴着忙活着，把人间的水分，搬运得——多么充沛！

棋盘石

把所有的战场搬过来，搁置于一块石头之上。

楚河汉界，风云际会。

将帅运筹帷幄，士相斗智斗勇，车在动，马在动，炮在动，兵在动，卒在动，杀气在动，血光在动……

其实是——

天下大势在动。

秘籍。战法。功力。或攻，或守，或攻守兼备。

——一方石头，演绎古今。

仙人不在了，棋盘犹在。

棋局摊开来，排兵的排兵，布阵的布阵，谋算的一直在谋算，设陷的总是在设陷，处于劣势的想翻盘，要悔子的坚持要悔子，下了赌注的还要再下……

棋路交错纵横，棋形变幻莫测。

棋子走在上面，是走在石头上面，也是走在正着或者劣着上面，也是走在入局或者出局上面，也是走在胜局或者败局上面。

——石头是最小的江山。

——江山是最大的棋盘。

棠棣，本名孟令波，1981年生，河南省作协会员，河南省散文诗学会副秘书长，《中原散文诗》编辑。文字散见于《诗刊》《星星》《青年文学》《散文诗》《山东文学》《散文百家》《诗潮》等多种刊物和年选，著有散文诗集《蓝焰之舞》，曾获河南省散文诗学会优秀成果奖，参加星星诗刊社首届全国青年散文诗人笔会、第六届河南省青创会。

岁月书简（节选）

棠　棣

二

在城的外围，与一棵水杉对话。

翠羽为眉，流云为盼，我们在树下坐忘。忘记彼此，忘却尘缘与夙念。

树高千尺，取道于直。我们把自己交给时间，以柔克刚。

风来，我们随风；雨来，我们随雨。

一座城的禅机在云里。我们学着向一棵水杉致敬。

家园在云的下方。而我们在云端，抬起的手臂挟着云霓。我们口中念着律令，等待一只穿云的雀。

抬头，风移影动，烟云浩渺。我们就在一棵水杉前，回眸与瞻望。

云水尽处，应该是归程。

三

曾经，我们举起石头，在荒芜的河滩，在落日的尽头。

我们不止一次对着河流盟誓。当时空的序列变得迟缓，我们的记忆开始紊乱。

一茎白了头的芦苇，在水边默念春天，青青的时光。

有些话一直藏在心里，如石头淤进水底的泥沙。我们对视，然后就没有了多余的动作或言语。

一尾鱼跃出水面，在阳光灿烂的午后。我们在漾动的涟漪中寻觅昨天，找来找去，只在彼此的眼角看到深深浅浅的鱼尾纹。

时光是一把镰刀。曾经，我们一起挥舞着，在河滩割草。

如今，它在向着我们挥动，割除了我们的热情与爱恋，只留下，斜阳余晖里散落的往事与喟叹。

四

用铅笔为一块石头开光，人生的方向从土地开始。

曾经，我们斩木，我们揭竿，我们拽出心底的闪电，向命运开战。

后来，我们和草木握手言和，给山川温暖的名字。我们翻手为云，覆手为雨，并以露的名义润泽每一枚叶片。

境界缘自胸怀，我们在天地之间，举翮，以十万大山为振翅的依托。满山杜鹃红是我们澎湃的热血。

风尘吸张，云霓在下。我们穿越云层，向着阳光汇聚的方向无限接近。

云海茫茫，我们就在白云之上，歌唱光明与温暖。此刻，我们是执着的化身，为风云作序。

五

海是很遥远的记忆。我们在岸上，对水已经有了陌生与恐惧。

日出江花，春来江水，我们在入海口，再次集体失语。

返祖现象不属于我们，在向海奔赴的路上，我们蓄积了太多的悲悯。

生活是永远回不了头的前路，我们曾无数次畅想的明天和昨日没有本质的区别。

残阳如血，大海铺开锦缎。我们毅然走上自己的战场，征服或者被征服。

夜晚永远比白天安静，但也更可怕，有着诸多不确定性，无从把握天地之间的距离。

我们从水中到岸上，再从岸上到水里，似乎悟透了一个"渡"字，但我们始终没有忘本，在庞大的话语体系下，我们集体缄默。

六

自始至终，我们其实都没有走出一步。

灯火明灭中，我们一直在自己的影子里原地踏步。黄昏的风比白天小多了，偌大的静寂拧开压力阀。

对岸，或许真的有我们期冀的风景。

我们就在站牌下，看公交车一辆接一辆驶过，看路灯一盏接一盏亮起。

我们不想把自己搁置在这陌生的街巷，任冷风吹，任冷眼看。但，我们更不想让内心的冷渗透生命最后的期待。

每个人都不愿面对的，是麻木、漠视、置若罔闻。而能够给自己带来疼痛的，恰是温暖。

从拐角离开，会是另一个拐角，但境界却有着极大的差异。我们都紧攥着一个电话号码，只是不敢冒昧地拨打。

风擦过树枝，一二叶片滑落，在灯光中，如我们的影子，单薄、脆弱、见不得风吹草动，却挡不住风的诱惑。

有时，我们的命数就像一程路途，明明可以转变，却不能转弯；明明可以继续，却不得继续。

七

当光束刺破夜的黑，我们就是虚词摊开的无奈。

现实在推磨，我们躺在磨盘上，如一粒粒豆子，心存期待与恐慌。

解开的扣子，探出朦胧的光晕，月亮早已入睡。我们在漆黑中回忆一辆马车，在阳光大道上奋力奔跑。月季在枝头，比玫瑰放得开。我们在潜意识里想到肉体。

偶尔有车子呼啸而过，打破夜的宁静。那头拉磨的驴子已经卸任，如一个上了年纪的男人。时光堆砌的最终都被时光拆解，终极意义不在生命本身，而在燃烧的过程。

我们试图唤醒自己，却吵醒了很多人，而自己依然沉溺于虚无的妄念。那朵玫瑰已经枯萎，花瓶中的水只能加快花枝的腐败。

我们不想摊开内心的想法，只让蝴蝶成为玻璃下的标本，栩栩如生，却早已被时间遗忘。新的一天正在重复着过往的细节，一切都没有变化，除了光阴。

八

从一棵树到另一棵树。从一条河到另一条河。从一个人到另一个人。

有时觉得想要表达的已经全部说出，但我们依然会继续。

让灯光陌生化，让时空多维度。面对选择的困境，当所有的努力不被认可的时候，就是歧路花开的拐点。

我们从一场雨中走出，进入另一场雨。感觉发生了微妙的变化，但似乎又没有任何变化。

就像灯光打出的路，走着走着，突然陷进黑暗。

但行进的脚步仍在继续。我们所能做的就是适应、调整并完成撕裂虚空后的看守。

我们听到蚕食或者蚁啮的声音，半边身子有着空空的感觉。但我们无从感知时光。无论散点的还是线性的，都与我拉开一定的距离。

直到有一天，我们看到陌生的自己，才真正懂得，行走是一个多么重要的词。

来时，花开秾艳。去时，花已凋零。在往返的过程中，种下执着和羽翼。我们清楚动的含义，从无到有，从有到无，我们一直都在努力完善着自我。

十

走向草木的城市，为我们指明奔向秋天的方向。

总有些琐碎的意念，把草木阻隔在身体之外。

生命的水系无需绿化，我们也都不想那么快看到枝叶从骨头和血脉里长出。

那个把秋天举过头顶的老人已经倒下，丛生成季节轮回中的青柯黄叶。

列车把轰鸣声带走。黄昏着铅灰色淡妆，在楼房和鸟群的簇拥下走离神坛。

我们看到，一座城倒映于水的幻象，高楼的影子，如雨，倏然而逝。

草木随心，在走向城市的路上，耽溺于鸟鸣和轨道的喘息。

从路边的乱石开始，我们剔除骨缝里的毒，理清祖谱和代系，让一棵树、一株草、甚至石缝间的苔都在序列中找到自己的位置。

走向秋天，我们在城门洞开的傍晚，和夕阳一起祈祷静谧。

余光，本名费明，80后。高校教师。作品散见于《诗潮》等刊物，入选《华亭诗选》等多部诗集。

松鼠在跳舞（组章）

余 光

填充题：咯噔

像一个活得太久的人需要一场喜剧，我期盼冒出卓别林精细的动作，还有一顶黑色礼帽，带有J字的胡须。而现实，包括书本上闪现的插图，既不温存也不幽默。每次街灯亮起，我就发现黑夜是大胖子，慵懒、困顿。

孩子让我拼接玩具，找出车身、车头，一个卡扣，咯噔一声断了，他笑个不停，从臀部到脸部，一个雕弯了的泥塑。

因为有双脚，注定我们是移动体，可以换乘另一列火车。进入车厢，选择靠窗位置坐下，那儿有光，也看得见风景。不论白昼还是夜晚，人进来了，车厢就填满了。

松鼠在跳舞

在某个秋日傍晚，从雨后的清澈开始，在通波塘，我祈祷生成一场晚霞。

而真的晚霞在蔓延。

恰好一只松鼠从一棵樟树跳到另一棵樟树，它在树杈间露出小脑袋，对着一群人世间活着走动的人，跳起舞来。轻盈的身姿，似在表达自己拥有绝美的天赋，作为人类的一员，我有必要羡慕。

每段余波住着一个晚霞。垂钓者坐在网和岸之间，化身为一个虚拟感叹号。岸上年轻的母亲告诉孩子"夕阳落下山了"，而孩子伸出小手，想要抓住面前一个巨大方向盘，他要不停转动，直到画面都是金色的，此时他嘤嘤叫着。

我手中的方向盘，也在转动，驶过路口的惊喜，是一只松鼠跳了进来。

这样的时刻，大地抖了抖，亮出孔雀的羽毛。

沉默的鼻子

公交车接近末班时刻，很少在这样的频道上观察，所以我走了进去。司机很诚实，在每个站点开关车门，有没有人不重要，打卡关系着规律的生活。

时间在这里并没有沉默，我作为第一个乘客，把手机放进包里，藏起自己。后面又上来两个。四个人像四个自由的转子，在无轨的轨道上，准备起跳。

我的呼吸打在车窗上，雾气制造了悬念，在我仓促擦去自己鼻涕的同时，冷风口，一滴细小的水珠把自己黏成了一尊雕塑。

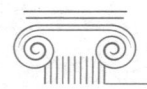

理发年龄

　　A 理发店内，技师技艺娴熟，不到十分钟，完成了一个短发修剪，收费不贵，十八块。推开门离去的瞬间，我似乎跟 18 岁的自己来了个碰撞。

　　这是一种快乐，可以顺着这份快乐将自己拖进印象城，可以闪入烧烤店，跟年轻的服务生互动。他不到十九岁，中专毕业，来自外省。我像个缜密的侦探，判定他爱情到来的时间过早了。

　　窗外，岗亭里走出一个门卫，二十出头的样子，跟那些老气横秋的保安师傅不同，他脸上还留着三分稚嫩。我开始猜测这个不同于理发师、服务生的男孩，是否有师傅指导他炼身，夜间是否有温暖的群租宿舍，有没有一间可以说得过去的厕所。

　　等他朝这里走来，看到他眼睛雪亮的时候，我突然为自己无端的悲悯而羞愧。

致敬生活：后叙

　　你把我从梦中拎起来，实现蓝牙耳机链接。我在半个睡眠中完成第一次 2 公里晨跑。

　　而孩子看到桌上有新鲜面包、牛奶，他们雀跃，跟坦克兵顺利过河一样兴奋。

　　小区外面有家画廊，很想进去转转，把自己闲置。而为了孩子的母亲、一个女人她人生炙热的八月，昨天我选择走进手表店，将耳朵放在表盘上听了很久的机械声。

　　中午。孩子老师来拜访的电话，让我们紧张。我不社恐，但需要精心准备，一间干净的客厅，摆上一盆雏菊，放上几块饼干。让光从纱窗透过来。

　　离窗户最近的乳白色香皂，在喊：孩子们，可以来洗手了。

　　我是一家之主，周末在家待着。

维修站

　　周末悲伤起来。维修家电，贫穷地维修生活。是否认定自己受了欺骗，报警、喧嚣，都得不到谅解。

　　一路上，我试着为她疗愈：向另一个生命投下了不信任票。不安的起点。

　　我开着车，灰度在起伏，她的心情穿越米市渡，来到黄浦江。她沉默，却不允许我的沉默，持续地沉默。

　　我告诉她，善良的人，可以维修自己。过了松江界，就有另一座花园。白鹭和水田，正在直播修复的每个细节。伤口结痂，夏至将至。

致夜：候鸟的课堂

喜欢这样的房间：打开窗，让月光渗透；微风进入，滑过指间和身体。而生活正在奔跑，跟清凉的风一样，学会晨起、朗读。我闻到过她的睡眠，那句晚安是真的，她是含着词语入睡的。

几乎每个凌晨四点，男人的膀胱会准时酸胀，自然给予的生物钟，没有意外的起身、安定、数数，一条薄毯的定律。

生活是繁复，可以醒着梦见谁获了诺贝尔奖，却忘了因为什么，我们放下了硝烟里的哭声。也许是发现了世界一直醒着——

更早时候的傍晚，候鸟排着小学课本的标准队形，飞向南方，是秋天在流动。无轨或着有轨地奔跑，兜起一阵阵风，从指缝吹过，扬起她的长发。

可是那个获奖的朋友，昨晚几点睡的。她说一直醒来，为了见一群候鸟，在月光下飞。

进入夜晚

东坡先生说，这光景是一年中最好的。所以在高铁与普快中，选择后者开始出差，我也的确需要在平原深处慢慢穿行。

像素在秋天开始加速堆叠，晚稻进入最后的抽穗期，身体正在向夕阳投递。车窗外，河流在发光；大地有了火车的声音。要是在车头就好了，最佳位置我不能掌握。轨道已预设一百多年。我只知道，世界的不安在加剧，来不及从忙碌中抽身，遗憾像时间的颜色，在太阳的方向上加深。

星期五，一个人，坐着绿皮火车，驶向就近的城市。慢慢到达，到达时已是夜晚。

我就是那个夜晚，还未确认返程的票，假装把一年中最好的光景，拉长。

穿过一座城

大楼高耸，催生抬头纹。城市正在清盘。我走过街口，进入默认模式——挤入那条隧道，刷一次卡，进入地下铁，直播城市深处。

我需要做一件事，将一周的废弃物收集起来，火化，修复秋天的焦虑。水杉渐红，身体却没有大海和稻田。

一路听着老歌《From Coast to Coast》。用白昼测量宽度 夜晚穿越五十公里，从城市的一端到另一端，够不够一个性灵奔赴一场葬礼，解决死亡不能解决的问题——

一个生命如何折叠出一座城。

舌尖上（组诗）

三姑石

三姑石，本名宋心海，男，一九七〇年代生于明水县，现居哈尔滨。

剥 葱

这个早晨
剥一棵还没来得及
进入中年的葱

指尖触到黑
触到更远的村庄里
那枯灯

我一直剥
在午夜深处剥出
亲人的骨头里
那刺眼的白

正午的小鱼馆

在时间的咽喉里
有一家小鱼馆
窗户被厚厚的塑料布包裹着
寒气鼓荡着……

正午的阳光

刚刚煮沸鱼锅里中年的流水

三个男人的心

在舌尖上决堤

他们的口腔里

挤满了七里铺的小鱼儿

酒过三巡，往事飘忽

它们一条一条地

往出蹦

卷　饼

香菜，洋葱，大葱，小白菜

蒜拌，辣椒条，姜片，小毛葱，婆婆丁

还会有一些主菜，榨菜肉丝，土豆丝

茄子丝，炒豆芽，京酱肉丝……

这些都能卷进饼里

风，也能

我喜欢吃卷饼，这一次

和下一次吃，相隔时间不会太长

春天吃的次数会多一些

每次吃卷饼都会有一点点疼

有时眼角会有眼泪流出来

我知道，与葱姜蒜的辣味儿有关

与许多柔软的事物有关

在 1960 年，吃糠咽菜的父亲

竟然把自己的一根手指

卷进一张饼里

大哥的苹果

大哥从来不吃苹果
他见到苹果就躲
很害怕的样子
当兵的时候
几个战友硬往他的嘴里塞
牙挤掉了一颗
他把带血的牙吃了
也没有吃那个苹果

一转眼,大哥去世几年了
临终的那一刻
他也没有吃一口苹果
我妈说,大哥是爱吃苹果的
但是他不敢吃
尤其是别人给的苹果
他怕还不起
我妈说,那些年日子苦
吃不饱也穿不暖
大哥从来不爱说话
他把自己的心当成苹果
生生地,咬碎了

拌 菜

寡淡的拌菜
恰如拌嘴,值得怀念
怀念那时的小葱拌豆腐
那时的拌嘴

中年了,不拌嘴了
但是还喜欢吃那些拌菜
愿意亲近胡萝卜,芹菜,香菜
生菜,小白菜,小根蒜
柳蒿芽,刺老芽,婆婆丁
黄瓜,水萝卜,小青椒
这些朴素的乡村植物
是我们离不开的柔软部分
需要眼泪一次次喂养

每天清晨,艳华都会
清洗这些食材,做一盘拌菜
可她每次都无法洗净
来自我们身体的,泥土的味道

在敦煌（外四首）

胡 杨

一直觉得有些人还会回来
把他们埋在戈壁
就是让他们休息休息
如果在一场大雪之后
围炉喝酒的
肯定有他们

或者在一个月色如醉的夜晚
他们会在村庄的瓜田
看护好那亮晶晶的星光

家家杀猪宰羊
户户灶头的香味交织在一起
他们可能已经品尝了
最鲜嫩的那一块熟肉

大戏开锣
前面留下的位子
他们不坐
永远都是空着的

胡杨，中国作家协会会员，曾参加第23届青春诗会。甘肃诗歌八骏、研究馆员、甘肃省优秀专家、甘肃省四个一批人才。曾赴罗布泊、可可西里、阿尔金自然保护区、后昆仑、西藏阿里穹窿银城、内蒙古敖伦布拉格考察探险，为多家自然地理文化报刊特约撰稿人。出版诗集《胡杨西部诗选》《敦煌》、《绿洲扎撒》及各类专著50余部。有散文和诗歌入选中学生阅读教材和大学选修教材，作品曾荣获黄河文学奖、敦煌文艺奖等。

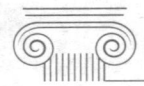

垛　口

流云也要被切割
一阵风,又一阵风
一年,又一年
被切割
那些垛口
钝了,老了

那些期盼的目光
一次次,撞落于城下
破碎如细砂

那些攀援的目光
一次也没有翻越垛口
因而,从垛口上看过去
向西,一片苍茫
像弥漫着一场沙尘暴

扑打那些急切的行程
淹没那些有明确方向的脚印

而雨雪的积累
只留下零星植物的叶片
脆弱的鲜绿的叶片
像大地上仅存的
一滴水

这时候,垛口们
远了
模糊了

远处的雪山

那些雪,一直都在
那些雪,像一句话
说着,一直说着

春天,草长高了
玉米、高粱
抽穗了
它们一点点接近那些
湿润的云彩
让自己在
灿烂阳光中
像一片雪

回　乡

小小的四合院装满了冬天的冷
而春天的草
也挤进门缝

西瓜的蜜汁
一筐筐的红枣
把时光之线
拴在了秋天的门框上

这里给我的温暖
我从来没丢失

直到母亲手握几枚干瘪的杏干
寻找弟弟
在夕阳浑浊的光线里
弟弟的形象越来越暗淡
最后成为戈壁的一部分

每天，母亲都在桌子上
多放一双筷子
我看见它的时候
眼神里彻骨的寒冷
并不多余

几头牦牛

道路沿着草坡的曲线
像一条油亮的绸带
闪耀着黝黑的光

其他的部分
是白色的

所有的雪
不仅仅是雪
还有几头蠕动的牦牛

只有那一部分的白
偶尔闪动

公路上的汽车
真的不能拉动
那仿佛清浅的白纱

它披在草原身上
像一万头牦牛
阻挡着
寒冷的风

被凝望
一次次放大(组诗)

禺 农

味 象

月蟾击鼓,海浪汹涌千里
海滩无形

溪流轻吟,涧石积苔不言
古桥跨过岁月的沟谷
期待夕阳如初

一潭静水想留住雾的脚印
却忽逢闪电接天,雨急急而来

命 脉

江河夜色泛滥
灯火千里筑堤

流浪的石头踩着节拍
哼唱着一首沙土味的歌

飞奔与沉寂，高亢与低沉
由涛声安排

就像儿时稚嫩的乡音
是一方水土的命脉

风打起节拍

飞鸟隐入暮色
天际不再遥远

通向天涯的车辙
连接脚下的路

星星在夜海里颠簸
似沉似浮

风打起古老的节拍
一片浪花飞扬着泡沫
一片浪花相拥而行

岸边的灯光
登陆新的土地

遥远的故土
被凝望的窗口一次次放大

明天要启程的人

星斗隐匿，细雨在风中放任自己
在夜的中央起舞

天涯、山川和海
从眼前消失
我与夜风为伴
不远眺，不仰望

回想以前，因为光的吸引
善变的影子
试图逃脱我的牵绊

今夜，站在窗前的我
看不见万物的表情
却和真实的自己最近

远处的车灯，拯救了道路
也拯救了明天要启程的人

时光容器（组诗）

喻 军

时光剪影

塔星跃出洪波，升起在黑松林
和词语的废墟之上
水不停地在滴，大鹏猛扑一棵树
使光亮瞬时变成阴影

广场上时钟停摆
街景广告和岗亭被电波载入史书
有人在十字路口
被时代的马缰远远地抛下

水藻间的鱼被灯光刻录
还有什么人，能成为别人记忆里的归途
耳膜里的金属彻夜震动
我感到了猎豹般下沉的速度

金钱绽放在最感性的部分
灵魂熄灭于最欢纵的时刻
天使没有表情，只有
一双被水晶镶嵌的蓝眼睛

华灯勾勒城市的倩影
也照亮无望的焦额

猎食者吹灭财富的泡沫
施满粉黛的爱情，是大众最乐见的风景

大地永远不乏指南针
下沉的宫殿溢出了黄昏
鱼鳍载走了梦想，欲望内卷了生活
新闻摆拍了祖国

途经竹林

城中水滨的竹林
植入诗人的还乡梦
与之相交只在旋踵之间
却如吮足了清气
把尘世悬隔为没落的倒影

我看它们，都像长幅挂轴
直取魏晋的图式
竹林深处，一伙清谈的散人
正被时代围猎
却成为风骨传馨的起源

今世的竹林
大多安顿不了身心
我脚踩落叶，也挥笔劈竹
就仿佛看见一袭青衫
正在苦寻与己匹配的身形

丹阳纪游

南北朝的山势嵯峨
润州的访古以丹阳为轴
出了灿烂的"文选"
也照见高古的性灵
只是那里的石刻
早已没入日晒风化
只是那里的记忆
唯余一片蒹葭茫茫
好在还有个大梁
骈俪点点星光
冠带像飘一样
据说还有四百八十座佛寺
环绕着建康
一齐扭转了信仰的方向

注："文选"指《昭明文选》

上巳寄兰亭

那个祓禊的日子确乎远了
三月已是暮春
花事将歇，游兴已淡
你看飘絮扑满白头
鹅群兀自映雪
我曾坐在曲水之畔
听周遭的竹林嘎吱作响

薄有技艺的中年
笔墨成了忘情水
洞悉灿烂本无一物，花开只够背书
习惯了淡静
便不会耽情飞扬
你说自家即深山
独处即丰盈，或和衣而卧
或枕书而眠
却仍痴痴地相信，上水会传来
一千七百年前的流觞

落花吟

落花而不葬花
是今世稍欠的讲究
所以香魂杳如黯魂
琴台也充作祭台
其实落花比开花更接近
生命本具的无常
比如葬花的黛玉
只是一种自怜
而折花的宝玉
却被花气折了一生

落花之中
诗文渐失光泽
千古一字排空
天地间淼淼的烟水
送尽舟人

路遇鹳鸟

无边水草的黄昏闪着微火
天空的明丽
在鱼眼中穿梭
那是足可回味的一带泽国
可我依然要告诉你
有一种比气压更低的碾压
断送了你的怀乡梦
自诩隐逸，只是不堪应景的生活

此刻，城中桥下的港汊
充当起鹳鸟的寄居地
它们偶尔会扇一扇翅膀
或伸一伸长啄
不过是重复捕鱼的动作
至于忘我的飞翔
更像是一种传说
和城市诗人乌托邦似的造设

南浔文园小记

园中有湖、有桥
有凉亭和盆景
还有曲曲的碑廊
刻录乡贤、记载善行
文昌阁前
清瘦的柳树
像是读书人的造型

几坛子莲花
正在摇曳清名

此时湖光由晴转暗
草丛漏出虫鸣
不多，也就几粒
远远见到几个赤膊打牌的人
正在挥霍
最后的夏天

回忆一场大水

七月是一面猎猎的王旗
它惯于划出陡峭的时点
我们双眼模糊
空气中弥漫着词语的糊味

雨再一次肆虐
那些伸出汪洋的苇秆
成为凝固的泪点
他们甚至抓不住
脱离了自身重力的国土

蝉鸣拉长了暑热
空气变得稀薄
城市的背景
被一场大水踩得严严实实
溺水者永失回家的路

晚来了四百年

（写给叶小鸾）

诗书中的遗存，泪也成了屋漏痕
古风一如明镜
照见多么精致的芳魂
天要将你雪藏，莲花要你出尘
美丽不思归处
唯余闺阁的黄昏

我晚来了四百年
马蹄踏落飞花，也裹满烟尘
今日伫立水边
惴惴只做探问
若轻拍那枚铜环
你可否为我开门

注：叶小鸾(1616~1632)，中国古代十大才女之一、明末第一才女，亦被很多人认为是林黛玉的原型。字琼章，吴江(今属江苏苏州)人，貌姣好，工诗词、丹青及棋琴，著有《返生香》诗词集。于婚前五日，未嫁而卒，年仅十六岁。七日入棺，举体轻盈，家人咸以为仙去。

安坐在春风里

（外四首）

古　心

春日，乍暖还寒，你看到了红梅
心中就飞进一只喜鹊
春天也是需要想象的
公园里的鸭子与鹅已经习惯了表演
它们的叫声里充满了俗世的渴望

寻春的人已经回来，他的鞋也已经踏破
他在看到红梅后开始释怀
并捧着一杯茶，安坐在春风里

焰火之美

夜晚的焰火还在心头闪烁
清晨的草地仿佛满目疮痍

当美丽靠的是一种渲染
美丽过后往往多是悲戚

残酷的现实，我们需要制造美
但也要有克服狼藉的能力

美有时候只是一种仪式的需要
真正的美，往往来自天然

当然,有些美也需要打磨
例如钻石

元宵节

要在今天,把自己活成一盏灯
一盏移动的灯
把自己投入黑暗之中
努力燃烧自己,点亮那些黑暗里的生灵
让它们勇敢,努力冲破幽暗
沿着光的路线,完成一次义无反顾地飞升
从此后它们将脱胎换骨

在料峭的春寒中
你必须行走成一盏灯,这是你的使命

大地红

大寒以后的风有了新的目标
大地开始悄悄变脸

被大雪守护的地方已经沸腾
滑雪板所到之处,青春的犁铧已经锐不可当

关于梅花开放的时间,风与雪有过一番争执
关于春回大地的事,六畜们期待已久

大地红是一种记忆,几乎古老
爆竹一声,却是狮子吼

春雨来后

一场雨后,万物有了新姿
春风也带来了蝴蝶与蜜蜂

我们已经相约,在即将来到的油菜花节

不要再说菩提本无树
一片菩提叶,就给春天开辟了一条路

电线杆上的燕子在你的头顶表演节目
你更喜欢它们突然飞起的样子
你眼前的那团乌云就是被它们给冲散的

经历了新年爆竹的我们也已经焕然一新
我们心里的花已经开了
在油菜花盛开之前

群山有奔波之苦

（组诗）

宗 月

牵牛岗：群山有奔波之苦

盘旋而上，来到山顶
我朝着人间的某处
喊：嗳——

可是四野苍茫
喊给谁听呢

摇晃的茅草在诗经里，叫蒹葭
在牵牛岗
只能叫山民

群山有奔波之苦
它们是什么苦呢

茅草枯了
交出了体内的雨水

雨水还会
以雪的形式
扑打它们

牵牛岗：群星奔涌而来

群山在后退
万家灯火在隐去
但这时

谁也阻止不了
被人间用旧的月亮
变成一颗松果，落在松林里

谁也阻止不了
天空中群星，化身一粒粒松子

在人迹罕至的地方
我像松针那么静，天空也像松树一样静

有些东西，等光线暗下来了
才能看清它的华丽
这个山岗，万物发出自身的光

我独享这清澈的星空
不，我也在这清澈中

牵牛岗：落日之歌

它太快了，带着它的浑圆金黄
进入山后面的山，松林后面的松林

在牵牛岗

它早已有过无数次的练习
而我第一次来观赏它

它迅速脱去了它的金黄
亮度调节到最暗
在人间，暗于万物，是需要勇气的

它没有远去，只是隐身了
我也没有感到惘然和失落——

山下人间看不见什么的时候
有落日看
牵牛岗没什么可看了
有落日看

落日从不在意，我怎么看它
落日从不挑剔，我有时候不看它

牵牛岗：星辰出现的地方

是云海
奔腾变幻的一座山成为
另一座山的仙境

是几只羊
缓慢吃草，黄昏逐渐靠近
让我误以为，是羊吃掉了光线

是一座山
努力将我托举到星辰出现的地方

是一团雪白的光，那么干净
我一人看它

多么宁静的景象
是我，几乎失去了听觉
长出了翅膀

柳溪江，石头

在山上，它是悬崖的一部分
在水里，它可能拥有一条河流

花纹不重要
你觉得好看
它又不需要掌声
透度不重要

你和它聊光明或黑暗
它都不会反驳

这样繁复的经历——
开始是烈焰，后来是隐去的波澜
开始是热血，后来是石头

安静下来了，又面对
风蚀、割裂、打磨、雕琢

王者成了艺术品
败者成了垫脚石

镇上的人知道
这里的石头有着隐秘的身世
河水需要什么，石头会变成什么

柳溪江，或河流博物馆

这条画卷中的河流，被我在临安找到了

河滩上满是大大小小的石头
河水有时搂住它们，有时放养它们
每逢潮涨，阳光如神谕
照见河面上，远山和竹林的倒影
去年游走的鱼，回来了
昨天迷路的云朵，也回来了

河滩浅处，一群皮肤光滑的孩童

也可能是几只晨练的白鹭
渡口，青石板，芦苇守住河流的秘密

如果有一场新鲜的雨，过人字木桥
是在讲解，每一寸波纹都有来处
石头无师自通，有的会起身　有的就匍匐
看潮升潮落，日出日落

河桥古镇：柳溪江在这里拐弯

依江而兴的河桥古镇，因商而聚，因商而散
老街上有排棚遗址
"撑船不穿裤，背纤磨肩骨
上岸三日富，四十讨老婆"
是河排工的人生

枯水期，水中游鱼寥寥
河滩上的石头，却是数不尽
如果河水暗涨，是不是就能变身为鱼呢？

两岸大多三层小楼
翻新的，危旧的，改作民宿的
种上几株花草，又是一番别样人间

柳溪江弯弯，缓慢流向远处
像是迎客，又似送行

大地之歌

牛 斌

父 亲

在贫瘠的土地中生长，背影
沿着纵横的犁沟
犁下一把种子
萌芽或死亡

期待从大地母亲的乳汁中汲取
甘露和信仰
浇灌，除杂，谨守
当你走过
每一棵饱满的谷穗都在低头致敬

爱喝烈酒
也爱在空旷的原野上独自行走
其实没有多少不羁可言
像往常一样，饭后
你执意去看望那些麦子们了

可谁还记得那些门前的烟斗呢
它们燃烧成一朵行走的云，即便
父亲早已沉眠于大地之中
仍未熄灭。

北 风

肃杀一切荒诞
北风在烟径中解开死亡的谜
你坦诚了行走的意义
也亘古着驻足后的喘息，像北风
将麦秸倒插在萧索的荒原
驱令生机从一块坚硬的泥土里
暖向这世间所有的遗别
而那些月光略显单薄
在马头墙上，在祭祀者空洞的瞳孔里
黑夜翻过林梢
到远方去。
有谁记得二胡上那些棕马尾的断裂
记得鼙鼓上锈迹斑斑的铆钉
像帛书在静默中流淌
我将一枚硬币掷向皲裂的大地，在北风中
它不带任何的温热
一面生，一面死。

荒 原

复垦一些荒原给自己吧
撒上一把蓖麻，一丛菜花
一朵随处游荡的云
想走就走
不为任何一颗失落的种子而哭泣

在荒原里我们都赤着脚

把坚硬的石块搬进眉间的沟壑
在二月
细数那些交替的坎坷

季节在荒原没有多少秘密可言
生长和死亡同时尘封
涌动的云和翻滚的泥土
厚重，分娩
制造着层峦的假象

我们偶尔在各自的边缘游弋
又自分开
仿佛从未遇见过

演奏者

晚霞拉开了夜的帷幕
从低垂的丛林开始，逐一弹奏
那些被阳光灼烧过的叶子
吟唱和呼唤
这世界最后的原音

应该学会倾听
在演奏者尚未翻转的罅隙之间
那些流逝的声音，我们偶有证词
却无法弥补
这即将到来的静默

将无尽的静默掩入冻土吧
在广袤的原野上，种子们睡了

蜷缩成月牙儿般的稚巧
我们手牵着手走过，背影
从谣言中生长

演奏者遗失了最后一个音节
云朵被再次说服
聚散。

丢失的村庄

村庄睡了，桥堍旁的老柳树也睡了
有陌生的人从这黑夜中走过
石洞侧耳倾听
那是谁的脚步声呢，似近忽远
即便相隔多年
它依然能够辨别姓氏中回音的深浅
哦，这是村东头的那个游子吧
他的爷爷曾在此守候一生
如今早已长眠于河滩的松柏丛下
现在换成了他的父亲
一杆长长的烟斗从桥东头烧到桥西头
几声狗吠惊醒了沉睡的村庄
它在这夜色中蜷缩
仿佛不知道这村庄里多了一个人
或者
这村庄里曾经少了一个人

马德里的墙（组诗）

张春华

风月散尽

大号的水泥块　红砖块
沿铁锈门脸脱落
腐食的气息来自老城的中央
垂直的灯光　开始摇晃
金属管道来回切换　纷纷
插入每一条街　每一座房屋的内部
旧风机　嗡嗡作响

陌生的面孔
混杂着陌生的口音　散落于
片片潮湿的街区
黑雨　从城东辗至城西
抖动的窗棂
时而猛烈　时而惊恐

复仇的蛇　已出动
银质炮弹夹杂在急速的雨点中
对垒再次展开　城外
血孔洞穿　一字排开冒出气泡
水下　吃人鱼喘着粗气
脸与肤色　成为出逃的死证
愤怒的刺刀刺入咽喉

告密的乌鸦　紧贴尖塔盘旋

脚下的泥土　呜咽
打湿的枯叶
覆盖掉一枚枚银质勋章
英雄的血流干
英雄的故事　开始流传
而"必须出售的能量
是归途　是付给远方盘缠的一部分
剩下的会重新编排　筛选"

夜色映红

在十字架
与裹尸布之间藏着一双血仇之眼
你的苦难史是一本
血泪史

夜色映红　河谷
干裂　海水的刀刃抵住岸的咽喉
阵阵喊杀穿过墙壁　淹没
大殿的祷告

我　掠过
你曾诉说过的自由　幸福之地
泪水成河　焦土之上
种子　已停止发芽

你纵容　这
海水与火焰的蔓延　你演绎的应许

和方舟的故事　却
在大地留传

抹不掉的是忧伤的眼神

鲜血浸染山边
　　　墙壁上涂满字迹
　　　　——饥饿游戏

屠刀噬血的方式有多种
其中一种是求生　相互残杀
我知道　星球的祭祀坑遍布断带层
游戏的层级始终在迭代

万山河谷　无法选择
季节的丰盈与干枯　头颅的贡品
无法选择　高贵的过去与卑贱的未来
抹不掉的是忧伤的眼神

磨盘的进化　以及每一滴血的滴下
都是一次灵与肉的战栗　少数
骨头的挤出　或许会进入下一个
穿戴整齐的循环

一辆重载列车　驶入
戒备森严的金属区间　堆码的
木质的结构里　包含着一枚枚银质炮弹
正待拂晓的号角　吹响

马德里的墙

石块铺满的小街
通往格兰维亚大道奇科特酒吧
字母拼凑的符号与色块
涂鸦成失语者的枪炮

整面的红　是呕吐的血块
黄色混杂着黑　是鞭挞过的皮肤
被风雨沦陷　被日头暴晒
新的色块会继续填充　覆盖

之后　我走进酒吧
坐在海明威鲜红的椅子上　一杯
高脚的阿拉斯加告诉我　有关冰雪
与火焰的搅拌方式

我决定兜售马德里　用装满
涂鸦的手臂　去下一个默睡的城
让每一个拐角　每一堵墙
开始诉说

沪上掠影（组诗）

钱 涛

都市里的水上王国
　　——闵行韩湘水博园

一水平波
有天光的滑翔
三百亩的清纯
牵在韩湘子的手中

舔出嶙峋的石头
是远方飘来的那些云朵
三江红的神情
画在古桥的栏杆

数十桥扑楞如乐
古意涂在桥面上
江南的一些苍郁名词
刻的很深，浮在水上

水是晶亮的东西
在鸟儿的喉头啁啾
在古木的叶尖泛绿
千年古樟，嫩如处女

谁在阳光的水面奔走
红颜银丝的秘诀
全藏在水的深处

祥云下的五龙戏水
　　——嘉定汇龙潭

五龙嬉戏
溅珠泻玉，汇成
故园相拥相泣的
一潭青史

龙涎喷洒的珠粒
铺成一园的璀璨
晶莹着，那一颗
从应奎山顶飞出
深嵌进季节里
古老枫杨的记忆

魁星阁的风里
隐伏神龙的百年信息
夹杂丝丝血雨腥风
阵阵迷雾里，捧出
光芒惨烈的那轮太阳

金光粼粼，五龙腾飞
龙身延绵，留一道恒久的
五彩光柱给申城

郊外的人气街市
——浦东古镇新场

飞过洪荒
洪荒是一条界河
洪东洪西是两个界碑

翅膀开翼了
拉出大街一长溜轨迹
投入苍茫时
竟了无声息

渐次木雕窗棂
青瓦白墙朱阁
满场撒野

滨江的键盘
点击出熙攘的眼神
飞响一野蜂蝶

日月惬意，在
沿河凉棚的人气里
品尝新茗

太阳雨润湿的小巷
——青浦古镇金泽

上塘下塘
太阳雨润湿的江南小巷

悠远绵长

听两根琴弦的浅吟低唱

斑驳的石拱桥,一座一座
古典的音符里流淌出
岸青水暖的一条春江
　有鲤鱼空明的呼吸
从远古的深水传出
张翕古镇这片鲜红的鳃膀

诗人缓步的节律里
走远了那位丁香般的姑娘

丁香,丁香
金色雨丝飘逸
青堂瓦舍间的一缕清凉

弥散开去,氤氲成
水乡泽国淡淡的
几许清新几许惆怅

芙蓉古风的底色上
　　——金山古镇枫泾

在芙蓉古风的底色上
走着那根水墨线条

程十发的画笔一旋
轻盈盈响一片
石阶埠边的潺潺水声

廊棚映成微微水纹
一排灯笼,漾出
一圈一圈胭脂红

姑娘红衫扬起的水边音符
玲珑的小鸟般
飞过弯弯的青石小桥

是否还有一把雨巷的伞
撑起头顶白墙黛瓦的诗行

画面的留白处
一丛芙蓉将嫣红的脸
斜贴胸前

旧诗新韵

读书有感

吕冰洋

小序：回顾近代中西文明碰撞后的历史，中华文化生机可谓屡遭戕伐，然终不失其雄沉持久之伟力。中华文化的根在哪里？中华文化对未来中国前进方向提供的指引？她对整个人类社会的贡献是什么？这是个值得深思的问题。近读五本著作，屡受启发，成诗五首。

一、读钱穆先生《国史大纲》

杏坛函谷并祇园，
三地分植华夏根。
一部春秋谁落笔？
江山万古重精神。

注：1. 杏坛：孔子晚年在山东曲阜授徒讲学之处。

2. 函谷：老子骑青牛出函谷关，留下《道德经》，开创了道家思想。

3. 祇园：全称"祇树给孤独园"，佛陀在此讲法约二十五年，留下《楞严经》、《金刚经》等经典。

4. 江山万古重精神：《国史大纲》是在历史中注入民族文化的生命和精神，一部中华史，也是一部文化精神演变史。中国核心文化精神来源于儒佛道三家，欲要了解中国文化，须要深入学习三家文化。

二、读潘麟先生《大学广义》

自由意志何为根？
康德频敲道德门。
自律同源自在性，
黄花翠竹法王身。

注：1. 自由意志何为根？康德频敲道德门：中国文化本质是心性之学，心性之学即是成德之教，道德来自何处？道德有二源，他律道德与自律道德，康德认为自律道德必然是先验而不是经验的，也必然属于自由意

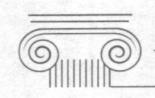

志，但穷追到此，康德无法说明自由意志的来源，故将自由意志、灵魂不朽、上帝存在作为"三大悬设"。

2. 自律同源自在性，黄花翠竹法王身：按照中华文化对心性的认识，自由意志并非是假设，而是来自心性的自律性，心性有无穷内涵，它既有自律性，也有自在性。禅家有言：郁郁黄花，无非般若；青青翠竹，皆是法身。郁郁黄花，青青翠竹，无非是心性的客体化显现而已，自律又自在，自足又自由。

3. 法王身：指一切有情无情的清静本体，宋宗杲禅师有诗"山河及大地，全露法王身"。

三、读牟宗三先生《心体与性体》

根尘识界众柴高，
利害是非锅里熬。
康德举书来灭火，
宗三泼水一时消。

注：1. 根尘识界众柴高：六根（眼根、耳根、鼻根、舌根、身根、意根）、六尘（色、声、香、味、触、法）、六识（眼识、耳识、鼻识、舌识、身识、意识），合起来十八界，每个人都困在十八界中，身心不得自由。

2. 利害是非锅里熬：人的行为由什么决定？一是基于利害判断的功利主义标准，二是基于是非判断的道德标准，每个人的一举一动，均是不断地在平衡利害与是非。

时消：康德认为道德发自自由意志，但因无法说明自由意志来源，只能建立"道德神学"，而不是"道德的形而上学"。牟宗三指出自由意志源自心性，良知正是心性呈现，它才是创造之源。

四、读潘麟先生《中庸心要》

人猿揖过万千年，
主客是非物与心。
生命百花烂漫日，
东西文化奏和音。

注：1. 人猿揖过：指由猿变人，文明开启。毛泽东《贺新郎.读史》"人猿相揖别，只几个石头磨过，小儿时节"。旧石器时代距今约300万年；新石器时代大约从一万多年前开始，距今5000多年至4000多年结束。

2. 主客是非物与心：关于世界的本质或本源问题，古今中外一直存在主体客体、唯物唯心之争。唯物唯心之争，实际是混淆了不同领域对真理的认识。自然科学研究事物的形构之理，生命科学研究事物的存在之理，前者实现外解放，后者实现人类内解放，两者可并驾齐驱。

3. 生命百花烂漫日，东西文化奏和音：马克思主义等西方文化与儒家为代表的东方文化相结合，可推动人类全面解放。

五、读王家范先生《中国历史通论》

上古曾植大木荫，
枯荣一历即千年。
时闻天地飘风起，
万窍怒呺劫变音。

注：1. 上古曾植大木荫：《庄子.逍遥游》言"上古有大椿者，以八千岁为春，八千岁为秋"。喻中华文明是早熟的文明，从新石器时代走出不久，即奠定中华文明的根基（如《尚书.大禹谟》十六字心法即呈现心性之学的内涵），为中华民族植一片绿荫。

2. 枯荣一历即千年：中国思想与社会变动，常以千年为期。以思想变动为例，儒家有三期之说，从孔孟到宋明理学，再到新儒家，每期跨度千年。以社会结构变动为例，春秋贵族社会至中唐后为一大变，近代进入现代化进程后社会又为之一大变。

3. 时闻天地飘风起，万窍怒呺劫变音：《庄子.齐物论》言："夫大块噫气，其名为风，是唯无作，作则万窍怒呺。"喻大时代变迁之际，如大风骤起，吹动中国这棵大树，思想激荡之下，发出各种变革声音，如春秋、民国时期那样万窍怒呺、百家争鸣，随后拉开一个大时代的大幕。

（作者系中国人民大学财政金融学院教授，长江学者特聘教授）

《上海诗人》理事名单

常务理事　　　　　　　　　　　　陈金达

凝视与朔望：个体生命的漫长旅程
——简说周黎明诗集《余生》

杨斌华

　　周黎明兄是一位常年生活在上海，经历过二十世纪八十年代以来文学语境变徙，且颇富诗意情怀的多文体写作者，擅长诗歌、散文、剧本及歌词等体裁的文学创作。他最为看重的诗歌作品曾经入选《朦胧诗二十五年》、《上海诗歌四十年》。恰如其名字一样，他的诗作仿若承载着其人生旅程中的悲喜忧惧，进而透入春露秋霜、四时流转的诗坛的一束熹微之光。因为"灵魂饿了，自会相见"，"在芸芸众生间／我一眼就认出你／因为我们的灵魂／是完全一样的"。

　　诗集《余生》正是周黎明漫长生活旅程中聚积而成的内心独白、对白和旁白的精神集成，是他对于自然、历史、自我情感和生命意识诗意化的介入和赋能，甚而是一种对生活内相的凝视和朔望。正像诗人所吟咏的："我是春天里／最后一片绿叶／凋零在冬天的枝桠上／唱着对生命的礼赞"。

　　《余生》可以说是周黎明经年累月作为上海这座"城市与诗歌的过客"的心绪记录和情感印痕，"如曲尽人散时／只剩下唯一的挚爱／如坐看云起时／越看越不识你的前生今世"。城市镜像透过一个诗人对城市景观的内心感知和现实世界的情感经验，投射到自身的心灵界面中，化育为多重多元的精神体验。每一个人对城市景观的感受和情感体验都是具有独特性的，取决于他的个人背景、价值观和情感状态等多样因素。纷繁喧嚣的城市景观容易导致个体的压力和焦虑，使之感到悸动不宁。同时，或许它也意味着有发散性的活力和有省悟力的触发点，促使其思想的涤荡。再者，城市镜像还能够唤起个体的回忆和情感，过往的经历和眼前的物象都可能会引发他们的怀恋情愫和情感联系，并赋予其特殊的情感色彩，与之紧密勾连。当然，《余生》里面满含特定年代语汇的诗行文字，无疑都是周黎明作为诗人的一种主观体验，以及带有个性化的读解，抑或灵感附体。

譬如他《灯塔》这首诗："那是很久以前的事了／似乎在每一场细雨中／你撑着油纸伞／像猫一样穿过／熟悉的门牌号／还夹着一卷惠特曼的诗"。尤其是《余生》这首更具代表性的作品。其中写道：

手拉着手
唱起青春圆舞曲
我一眼就发现
年过半百的你
还是那样羞涩地打着心结
太阳照在如血般鲜艳的裙摆上
我们的过去和未来
发出月光般皎洁的诱惑

这是一首充满秾艳深情和鲜活心绪的诗歌，作者用简洁而富有感染力的语言，表达了对生命的珍视和对未来的确定感。诗中的"余生"一词，意味着生命中的剩余时间，作者通过既往生活场景的描绘，展现了对人生的炽热之爱和美丽渴求。同时，诗中也透露出对人生的反思和对安定的渴求，提醒人们要珍惜眼前的美好，磨砺心性，把握当下，追求内心的充实和精神成长，让梦想与现实深度交融。概而言之，整首诗给人一种安详、平和和慰藉人心的感觉，显示了诗人不断地反求诸己，以刀刃向内的自我逼视，来应合并映照一种既往不恋，当下不杂，未来不迎的精神姿态。

以往年代的诗歌大多描写并传达现实世情，它涉及到人与人之间的情感维系和互动。在中国古代文学中，有许多脍炙人口的作品描绘了丰富的生活样态，如《诗经》、《楚辞》、《唐诗三百首》等。诗歌中的世情主题繁富多样，既有对亲情、友情和爱情的赞美，也有对社会现实的关注和反思。这些作品不仅展现了古代文人的情感世界，也为后人展示了宝贵的历史文化遗存。

现代诗中的世情创作，往往凸现出复杂而微妙的情感体验。它既包含了人与人之间的各类传统情感，又融入了现代社会中个体在面对现实压力、人际关系等方面的困惑与挣扎。现代诗中的情感通常更加复杂、多元和微妙。它们可能包括了诗人对孤独的独有感受，这种孤独可能是由于社会环境、人际关系或个人内心的寂寞空虚而产生的。也有对于爱情的描摹。它们往往不再是一种浪漫化、理想化的情感，而是充满了现实的矛盾和拼争。譬如海子的《面朝大海，春暖花开》，诗人就以自己的亲身经历表达了对爱情的渴望和失望。现代诗人还常常通过对生活琐事的观察和思考，表达对人生、命运和社会的感慨。英国诗人托马斯·艾略特的《荒原》，就通过对伦敦城市景象的描画，表现了对现代社会的忧虑和对人类精神的探索。此外，现代诗人往往将自然视为一种象征，透过对自然景观的描状，传达出对生命、宇宙和人类命运的思考。例如美国诗人加里·施奈德的《山之歌》，诗人通过对山脉本体的赞美，表达了对自然力量的敬畏和对人类微渺命运的认识。现代诗人尤其关注社会问题，通过诗歌来凸显对社会现象的批判和反思。艾伦·金斯堡的《嚎叫》，就通过对旧金山"垮掉一代"的描述，展露出对社会道德沦丧和个人自由被束缚的不满。现代诗人素来将诗歌视为一种有意味的艺术形式，缘于对诗歌创作过程的思考，来显示对艺术价值和审美追求的追寻。法国诗人保罗·瓦莱里的《海滨墓园》中，正是通过对诗歌创作自身的探讨，用以恪守对艺术永恒价值的信念。

上述对于诗歌创作的探察视角和意义指向，在周黎明的《余生》中，或多或少都存有隐约的暗合和借鉴之处，值得寻绎与回味。就作者而言，他多年来凭藉着对诗歌写作的虔敬、崇尚和热诚，孜孜矻矻，不懈探求，乃是因为诗歌的高古境界——"你是我终生／也不能完成的肖像"。他在《成为弗里达》中这样写道：

"我会像梵高一样／热烈地拥抱阳光下的向日葵／热烈地向往星空下的生与死"。

显然，这些诗行里潜藏着诗人更富意蕴的思想路标，是诗人在"离开后，留给大地更深的挚爱"（见《失语》）。

众所周知，生命意识在现代诗中是一个经常被探讨的主题。它是指人类对自身生命所进行的自觉的理性思索和情感体验。譬如艾青在早年创作的《生命》一诗中，便深入地阐述了他对"生命"意蕴的理解和感悟。

生命意识在诗歌创作中大致包含了三重含义：首先，它指的是客观存在着的生物体，这是自然界给予的最原始意义上的生命。除了生，它的极端就是死。在生的过程中，生命还要经历由幼小到成熟到病衰的有限的生理过程。其次，生命意识也涉及到对思想与情感的体验。诗歌不仅仅是对客体世界的再现，更集聚着现实与历史的訇然回声。王昌龄在《诗格》中提到的"感兴说"，正是强调了诗人对外部世界的感应和体验，这种体验在众多诗歌作品中得到了丰富而炽烈的表现。当然，生命意识还涉及到诗人对生命价值及其意义的认知，即是诗人个体独特的生命价值观。现代诗中的生命意识无疑更加是一个深邃而复杂、在不同时代深度延展的命题，它涉及到对生命的哲学思考、情感体验以及对生命价值的认知与阐释等层面的多元交融。

由此而言，《余生》有序编排的三个章节里多少不自觉地包含着作者对于漫长个体生命旅程的一种自我回瞻、凝视与朔望。在现代诗创作中，诗人的自我回瞻大致会透过对过往生活的回忆和反思，以及对生命意义的探寻，来传导出他对人生奔突跋涉的感悟和思索。这种回瞻不仅仅是对其个人履历屐痕的顾盼、梳理和磨洗，更蕴涵着他所历经的历史、自然、文化变迁诸方面的返视与自省。这种自觉的爬梳与回望有助于诗人更好地认识自己，理解自己的内心世界，更明晰自我的精神路向。同时，还有助于诗人拓宽创作视野，丰富艺术表现手法，擢升自己的艺术成就。再者，关切与凝视也是现代文化活动中常有的思想和语言策略，它基于与凝视对象的归属感和融合感，具有很强的认同感。认同性的凝视提供了一个更具开放性的视角，着力于凝视过程中个体想象力和互动性的力量。它足以使个人能够与周围的世界建立更深层次的联系，并在生活中创建一种身份感和主体性，创造一种目的感和意义的愉悦。诗人对于个体生命旅程的自我回瞻、凝视与朔望本身就是一种多元化、多层次的生命体验，也是诗人在创作过程中不断清零和深掘自我，丰富内涵、提升境界的重要方式。

正如周黎明在诗中所描写的：

我的失眠

似青春的常春藤

爬上小镇灰色的尖顶

又似漫天的飞雪

一夜间

染白了镜前的万丈青丝

满月的湖啊

是我一生难以逾越的一道风景

"无月为朔，满月为望。"由传统文化以及时间含义中的朔望引申开去，"朔望"正是表达了人们赋予世情万物以生命意识的一种渴盼、期冀之情，同时也揭示了在自然历史、社会文化尘怀涤荡中绵亘不变的变化规则和符码。

苏东坡词云："人间有味是清欢"。他在与友人游赏山景的过程中心境荡涤，开悟在生命旅程中应以随缘为乐，方才能够抵达恬淡自适的超然旷达佳境。"回首向来萧瑟处，归去，也无风雨也无晴。"又似可看作是他对生命来路的溯源和得失寸心知的标注。人生苦旅中的悲欢忧惧宛若过眼烟云，无悲无喜，不必介意萦怀。而对苦心孤诣的《余生》作者来说，有一天"情歌不唱了／诗歌还在唱"。他将"时间停滞在碎片中／并以破碎的方式／试图修复破碎的世界"。他吟唱着"我爱过／我把你们留在这里／成为万物生长"。

在周黎明的《余生》里，"在深深的海洋里／一条鱼爱上了　另一条鱼"。而诗哲泰戈尔曾经写过："水里的游鱼是沉默的，陆地上的兽类是喧闹的，空中的飞鸟是歌唱着的。但是，人类却兼有海里的沉默，地上的喧闹与空中的音乐。" 这里，唯愿周黎明兄以《余生》启碇他诗歌创作的新航程，历尽人生征程中的沧桑喜乐，内心依旧安然无恙。而沉浸于精神翱翔的诗人深情深邃的自我凝视和朔望，无疑正是——

"像一群思乡的鹤鸟，日夜飞向它们的山巢，在我向你合十膜拜之中，让我全部的生命，启碇回到它永久的家乡。"

久违了，携着泥土香的诗
——与农民诗人田间布衣一席谈

孔鸿声

2024年第一期《上海诗人》"头条诗人"专栏，刊发了一位农民诗人田间布衣的10首作品，给整个诗坛带来了一股浓浓的泥土香味。正如该刊执行副主编孙思老师在她的"推荐语"中所叙那样："农民诗人田间布衣，带着土地的纹理、肌肉和筋骨的诗，来到我们的视线里。他在生活原本犬牙交错的锯齿上起舞，把生活的艰辛结成茧，抽成丝，再将耕种土地的体验和体悟，变成声像和触觉在他的诗里流动、暗涌、碰撞、浸润，使他的诗与那些装腔作势、无关痛痒、轻飘无重量的诗有了分界点和辨识度。"《中国诗歌网》也在首页的"头条诗人"栏目中予以推送和转载。

春节后的一个夜晚，笔者带着好奇、并受《上海诗人》编辑部的委托，拨通了河南省许昌市长葛古桥镇石庄村石俊阳的手机，与这位取"田间布衣"为笔名的农民诗人进行了一番访谈。

写诗：仅仅证明自己还善良地活着

笔者：在《上海诗人》上发表作品是有一定难度的。去年，笔者偶然看到别人转来的中国作家协会会员，丽江诗人刘志文，在转发2023年第3期《上海诗人》目录时，微信下面的留言："三年投了三次稿才被选上。《上海诗人》选稿审稿非常严格，几近苛刻。第一次摄影作品通过了，但配诗过了初审，终审没过；第二次配诗初审直接'枪毙'；第三次在孙思老师指导下重新修改，终于过了。作品上《上海诗人》还真不容易！"

想不到该刊的今年第一期却一下子发表了您的10首作品，而且还刊载在"头条诗人"位置上，这对一位业余诗歌作者来说，应该是一件非常激动的事情。不知您得到这一信息后有什么感想？

田间布衣：这确实是一件令人高兴的事情，能得到在国内诗坛很有知名度和影响力的《上海诗人》编辑老师的支持与厚爱，我真的很感动，从心底里表示谢意！那天孙思老师给我打来电话，我见是一个陌生的电话号码，开始并不想接听，因为骚扰电话太多，再细看是从上海打来的，犹豫了一下后才接听。谁知这个电话给我带来了这么大的惊喜。开始我还是有点不放心，询问孙老师要收取多少刊载费？孙老师告诉我说，不仅不收费，还要支付我稿费；我又问孙老师作品发表后能否卖几册给我送给朋友们看看，孙老师笑着告诉我，不用买，我们会赠送你。从孙老师的话语中，令我意外地体验到《上海诗人》对一个名不见经传的农民作者那份热情、真诚的情怀，我被深深地激动了！

笔者：从创作角度而论，任何一种文学形式都是没有性别、职业、年龄的区分和限制。然而，您作为一个肩负家庭生存重担、整日辛劳地忙于田间耕耘的农民，却在短暂的汗息之时，仍然孜孜不懈地在文学田园中笔耕不辍，并且撰写出许多优秀诗歌，这在目前的文学创作队伍中，确实已不多见。是什么样的动力让您如此热爱诗歌创作？

田间布衣：论文化水平和职业，我只是一个初中毕业的农民，虽然在农村长大，但70后的我还是有一点自己的想法和爱好。在读初中的时候就特别喜欢看书，每天晚上在油灯下如饥似渴地阅读各种书籍。我的感觉、我的心情会随着书中人物命运的喜怒哀乐而跌宕起伏。书读得多了，手痒痒地也想尝试着写点什么。凭着一股热情，小说、诗歌、散文样样我都去触碰过。然而写出来的东西自己也感到稚嫩、肤浅。所以也未能发表过一篇。虽然中学毕业后仍想继续学写下去，但家庭生活的艰难迫使我背井离乡外出打工，我的第一次写作火苗就此而熄火。

第二次写作火苗的燃起是在2012年，那时我已经回到家乡结婚生子。白天忙碌于田间耕作，累得腰酸背疼，晚上回到家什么也不想干了。再看看身边的同辈人，他们除了田耕，就是打牌、喝酒、刷手机玩。面对如此现状，我扪心自问：就这样行尸走肉般地活着？自己是一个有思想和灵魂，也有心灵寄托和精神情感的人，应该有一点自身爱好和作为吧，否则真是岁月蹉跎了。所以，我又开始走进文学田园里耕种起来。考虑到体力劳动繁重和空余时间甚少，我就把创作重心放在诗歌写作上，把自己日有所见、夜有所思的东西，把憋在肚子里想说的话，用诗歌的形式宣泄或表达出来。至于写出来的东西有没有人喜欢看，那都无所谓，所以一般都不会主动去投稿，我的写作仅仅是向世人证明自己还善良地活着。

活着：应该有一点自身爱好和作为

笔者：从话语中感觉到您半个多世纪的人生充满艰辛，已过去的往事一定有不少辛酸的记忆，能否简单地聊聊您已走过的人生？

田间布衣：都说往事如烟，其实并不然，对我来说仍然是历历在目的感觉。我祖籍是河南许昌，在闹饥荒年代，父母亲逃荒到甘肃庆阳并定居。我是1972年9月出生的，8岁那年父母将我送回老家许昌，与孤独生活的奶奶一起居住。起初奶奶身体尚可，我也无忧无虑地读书学习。可好景不长，在我13岁那年奶奶病得半身不遂，经过姑姑出钱全力治疗和精心照顾，奶奶渐渐能走动，基本生活可以自理，可洗衣做饭和地里的农活就全都落在了我的身上。这种难以承受的变故和生活压力，既让我害怕但又促使我坚强起来，因为我不得不面对病中奶奶的照顾、现实生活中柴米油盐的需求和读书种地等事宜。有好长一段时间我真得活的好累，性格和脾气也变得孤独暴躁起来，学习成绩直线下降，结果连个高中也没考上，直至父母亲回到老家居住后才有所好转。

中学毕业后，为了帮助家里日子过得好一点，我跟随村里的建筑队东奔西跑地外出干活，这一跑就是十多年，去过新疆、福建、内蒙古等地，反正哪里有活就去哪里干。繁重的体力活，对我这个身高不到1.6米的矮个子增添了比别人更多的艰辛。记得有一年去新疆阿克苏打工，刚走到沙雅，妹妹打来电话，说父亲突然病了检查出是癌症。我赶忙折返回家，从沙雅返回到库车时是中午，而到郑州的火车要夜里2点发车，我就在库车附近一家河南老乡开的小旅馆里短暂休息。可能是心里着急，下午就开始发高烧，自己从床上滚跌下来都不知道，到晚上8点多，店老板看我还未出来吃晚饭就来查看，发现我躺在地上，高烧发到近40度。他们连忙给我吃了退烧药，喝了些姜汤。我忍着发高烧的难受坐上火车，坚持了两天到达郑州，下车后嘴上全都是发出来水泡。

笔者：您年轻的时候吃苦受累还真不少，目前的生活状况怎样？还是每天在田里劳作吗？

田间布衣：现在的日子好多了，吃饱穿暖已不成问题，但与城里相比，生活条件还是有很大差距的。

我现在50多岁了，上有80多岁的老母亲，下有还在读书的18岁儿子，女儿出嫁了，妻子在村办企业上班。家有四亩多农田，虽然播种、收割都实行了机械化，而打农药、除杂草等这些农活，还得要自己操作和护理。

只有在农闲的时候去镇上打短工，一天要干13个小时的体力活，每天能争200多元钱，但还不保证每天都能有活干。

笔者：从目前您的经济状况来看，生活还是比较艰苦的，为什么不利用业余时间多干一点能争钱的活，而却选择诗歌创作呢？现在网上发表作品又没有稿费，您妻子埋怨吗？

田间布衣：正如我前面所言：人活着还是应该有一点自身爱好和作为，这样才显得生活充实些。我妻子是一个地地道道的农村妇女，她心地善良，从不干预我搞创作。她说写东西不是打牌、抽烟、喝酒，对他人对自己都无伤大雅，对家庭生活也无太大影响，有时候也会有几十元的稿费贴补家用，她认为这样蛮好的。再说，我也是有时间多写点，没时间少写点，决不会因写作而影响家庭过日子。

作为：有责任和意愿赞美称颂农民

笔者：从2012年涌动第二次创作心潮至今，这十多年来您诗歌创作的数量和质量都呈现上升趋势。采访前，在网上阅读了一些您写的诗歌，感觉作品视野纵横乡村田间，内容紧贴现实生活，文字不做作，诗意不肤浅，有一定的思想内涵，能使人领悟到一位农民诗人纯朴而善良的情怀。

田间布衣：作为一个长期生活在乡村的农民，我的诗歌创作在主题上确实偏重于田野稻谷、锅碗瓢盆及乡土人情等方面。因为我对这个环境了解、对这个领域熟悉，写起来也就觉得得心应手，能壮露出自己的真情实感。有人说我的作品有点苍凉和悲伤，属于灰色基调，这一点我不否认。因为这就是我曾经和现在所处的生活与情感的真实反映，是我半个多世纪人生经历的缩影。如果我是每天生活在无忧无虑、衣食富裕的那种环境里，我想我也写不出现在这种内容和情感的诗歌。

其实在农村，像我这样为生活忙忙碌碌，为柴米油盐劳心费神的农民太多了，我仅仅是他们中间的一分子。他们虽然平凡普通，可那种吃苦耐劳的精神，那种朴实善良的情怀，天天都在感染着我，我有责任、也有意愿要用诗歌去赞美和称颂他们。

笔者：您的理解是对的。智利著名诗人聂鲁达说过："诗人的生活必然在他的诗歌中得到反映，这是艺术的规律，也是人生的一条规律。"过去的艰难生活和环境，给了您许多难忘的辛酸，但同时也为您储存了如今取之不尽的创作资源，这就是人们常说的"有所失必有所得"吧。

您前面说现在每天仍然要劳作十几个小时，那么除了睡眠，留给您写作的时间几乎所剩无几，您是如何有效地利用时间搞创作的？

田间布衣：鲁迅先生曾经说过："时间就像海绵里的水，只要你愿意去挤，总还是有的。"鲁迅先生是把别人喝咖啡的时间都用在写作上，我向鲁迅先生学习，把别人打牌、喝酒、胡扯的时间都用在了写作上。

在2012年开始第二次写作时，我拥有了一台电脑，可却不会打字。因为我小学是从二年级开始读起的，没有经过拼音学习阶段。我就买了一张幼儿园孩子学的那个拼音表，从声母、韵母一个个地开始学，再一个字、一个字地学着拼打，学会打字后，对我的创作带来了很多便利。

因为时间少，我给自己的诗歌创作规定了要求：一要写得短，一般不超过二十行；二要言简意赅，能用一个字表达的绝不写两个字，能用一句话说清的绝不写两句话。写好后搁上一二天，再回过头看看改改，自己满意了再发到群里或平台上。

笔者：您的诗歌作品基本上都发表在网上，为什么不向纸质媒体投稿呢？

田间布衣：说实话，我不敢向纸质媒体投稿，一是我没有人脉关系，还得花一笔邮寄费；二是有些纸质媒体虽然可以通过邮箱投稿，但却规定要使用什么文档、什么格式等，我既不懂也不会操作，难得请朋友们帮忙投一些稿。所以多数是在群里"玩玩"，参加一些同题创作活动，有时候群里组稿或者某个平台主编要稿，我就从微信中发给他们。我在纸质媒体上发表的诗歌作品，基本上都是群友或平台主编们向外推荐的。《上海诗人》的孙思老师来电时也说：他们是在一本民间诗刊上发现我的诗很有特点后来约稿的。但一本大刊能主动来约稿的却只有《上海诗人》一家，而且还是头条。非常令人意外！

笔者：从2012年至今，您的诗歌作品也创作发表了不少，统计过共有多少首吗？想没想过出一本诗集"炫耀"一下成果？

田间布衣：我没有具体统计过从2012年至今共创作了多少首诗歌，翻了翻手稿估计约有500多首。在2019年曾用香港书号自费出版过一本诗集《风落人间》，收集了2018年和2019年创作的200多首20行以下的短诗。最近也有人鼓动我再出一本有正规书号、可以出售的"诗集"，我想想也作罢，现在出一本丛书号的书都要好几万元，我的生活压力提醒我出版不起呢。再说好多名家的"诗集"都卖不动，我一个诗坛无名小卒出的"诗集"能卖给谁？我考虑等儿子长大成家立业后，自己的生活相对稳定清闲了，再把已写的作品工整地抄写和装订成册留着纪念。

与田间布衣这位农民诗人的一番访谈，平淡而亲近，无论是叙述人生还是漫谈创作，诗人的言谈没有任何的华丽词藻和豪言壮语，语气中带有的只是田野中特有的泥土味，显得是那样质朴无华，充满着大自然的本色而使人感到舒适和温馨。挂断了电话，笔者对田间布衣的印象是——

久违了，从田间走来的诗人！
久违了，携着泥土香的诗行！

浦江诗风

每一朵花都有缺口（组诗）

袁丽丽

铜钱草

周一 阳光清浅
轻推办公室的门
视线如快门，捕捉了摆放在办公桌上
绿色的小小的圆

它们或高或矮
或大或小，一律歪着脑袋对着我
如一双双渴望的眼

它们有一个好听的名字，叫铜钱草
却闻不出一丝铜钱的味道

它有水即生根，向阳而生长
虽群拥在水中，却是如此的静
让水面寂寞，泛不起一丝涟漪

执 念

顾村公园的红梅
比往年早开了几天，在枝头叠簇

心事深沉如她的花色

无数仰慕者，因她而来
镜头存储了她的娇艳，却无法捕捉
她的笑颜

去年元夕
他曾徘徊在红梅的幽香里
忘了忧伤
今天亦是元夕
她藏了一整年的思念
立在了枝头上

一眼就是一念
全然忘了初春的凉

早 樱

最早，你盛开在朋友圈里
才二月，那么突然

你花梗修长，将花苞一朵朵送出枝干
白撑裙，粉纱蔓
一簇簇如恋人相拥成团

顾村公园那么多樱花树
唯独你这一棵盛开
是为了谁，还是跟谁有一个约会

你无语，只把心事放在花瓣上
让每一朵都有缺口

在山一般的
记忆里活着(外二首)

李海燕

我不记得 你离开这里有多久了
如同我不记得自己
曾经看过这里多少次的日出日落
只是年复一年地
用山一般的记忆活着

这里的山过于平凡,没有任何特别
只是在同样的石头和小路上
有我的脚印,我的歌声
还有对你和远方的惦念

山里的房子 从来不需要日历
阳光与影子 提醒着一天的时辰
花草和树木 记录着四季的更替
我属于这里的山,这里的河
我没有见过外面的世界
每当我看见候鸟从山顶飞过
就知道它们是要飞向远方

远方到底在哪里
远方是不是就像你发的照片的样子

我记不清过去的你 也想不出现在的你
只是常常望着弯弯向前的小河
想着它是不是流到了属于你的大海

每当我看见飘来飘去的云朵
总期待着,应该会有一朵云
飘到你的天空,而你恰好会看到

平凡中的风景

我想静下心来画一幅画
画出一朵云 画出一座城
慢慢地画 慢慢地爱上身处的世界

一只虫子
坦然经历着作茧自缚
然后重归于沉寂
把希望交给下一代的轮回

这世界宠辱不惊
始终按照它的规律运行
这熟悉的路 我们走了无数次
渐渐也会发现平凡中的风景

就像湖面的冰下,沉寂了许久的水草
遇见春天, 会轻轻地浮出水面

成 长

一次次 在回忆里走过湖畔的小路
年少时的场景 似乎一直就在身旁

似乎只是一阵风过，所有的故事戛然而止
还来不及去梳理年少时的愿望
就被疾驰的列车，拉向了远方

我们把疼痛 叫做成长
用光芒 掩盖密密麻麻的伤

我们默默前行 从未想过反抗
就像湖水和树木一样
看似没有改变，其实早已
经历了无数次更替与生长

如果你还记得 那天的桂花飘香
如果你能读到 我此刻写的诗行
我想对你说 就把回忆化作行走的力量

是的，你一定记得
如同我一直都会记得，那天的桂花如雨
一粒一粒，落在你我的身上

命 运（外二首）

阿 仁

花落了一地，忧伤中已没有忧伤
是谁在风中追溯一场旧事
打湿的眼眶，刚好安放零星的疼痛

我在黎明的路上追寻一束光
那个被称为命运的东西
刺痛黄昏后，成为一种无言的表达

秋拉长着影子，蝉渐渐收起它的嘶哑
它和我一样，会饱尝尘世的一切可能

故乡,请允许我

请允许我,在你心中从未走远
允许一草一木,在我记忆里滋生
并绝口不提

我不会开口说出对你的爱
如同不愿说出中年的疼痛和暮色里
深陷的反复,以及月光下
反复追问的忧伤

时间的根部

岁月的狭缝,犹如剑的锋芒
割舍着,我挣扎的肉身

午夜,牵手一场明月之约
那时的相遇,转眼成了中秋的问候

面对喧嚣与无奈
我仍然怀着依恋的心情
让时间的根部,长满孤独
也长满修辞的浪漫和惊喜

三月的精彩(组诗)

施钢荣

在飞驰的列车上

醒来,一些不入眼的
已经不见
像疾驶而去的列车
只管前行,把乘客安全送达
使命在,不敢轻歇

假如哪天能面朝大海
看一望无际的地平线
缓缓地开始一天序幕
那是何等荣幸和信赖

梦一定要有,毕竟刚过不惑
当一切就绪,端起
茶杯。品茗咖啡
波涛起伏,像浪花朵朵逢时盛开
我又看见了美好的早晨

与美好的一天携手,秀着恩爱
此刻的海,就是我的胸襟
吐纳呼吸顺顺畅畅,一切那么的干净
风,就是我波澜不惊色彩

与春融合，像蝴蝶一样翻飞
一起翻阅着三月的精彩

隆隆声，似乎已经把我唤醒
不再沉迷于微信圈
那只是她的旅途，我的呢
只是才开始，小荷露尖尖儿
不知哪一个蜻蜓会向我飞来

在最想念时

你的一举手，一投足
活像喜剧里的情节
高潮部分不可或缺的经典

影响着一些日常
工作时，不知不觉中把不开心
带离，让一些快乐涌现

也影响了我的生活时针
老觉得它，变慢了
偏离了自我方向，不听使唤

时时希望：你出现在眼前
在最想念时分
每秒都能相依缠绵

等 你

空的心房，如期待的
画舫。等你来
等你，来填满我的空缺

彩霞满天，海鸥飞翔
日复一日。而希望如同倒影
时时摇来晃去

何时，流不出的泪
能脱眶而出
并着河水溅起幸福的波浪

随着你，天涯闯
风霜雨雪也心甘
只要分分秒秒和你在一起

昨日微雨

昨日晨雨微
秋风，带叶也带寒
抖抖不敢出远门
一宿不醒
白天也做浩瀚梦

今天，不见树风嗖嗖
而阳光正好
在阳台上与我对视
不说不语
似你懂我懂状静默着

窗影下
有一丛绿
细细里，有一分婉约
略带一丝羞涩

偶尔，倾情
有一种忘乎不知不觉
随心而出
弯弯的

又似乎是绵绵的样子
秋日不见霜
是否，因为，她
不知谁来作答

一日看三回
回回不一样
越看越想看
看了忘他事

在颐和园喝下午茶

一杯茶，换一个下午阳光
值得。在颐和园

当一步一景腻了，一园一林累了
当一页页又黑又暗的历史无声息翻阅

胸，有些闷；心，有些疼
叹，又何止是一声长长复长长

罢了，罢了，罢了
找一个清静地，好好地喘一口气

慈禧做梦也不会想到
她的寿会被廉价出售

我们也想不到，宫廷御膳
会风靡成为时尚小吃

我，来过
我，尝过

颐和园，再见
下午茶，再见

老 街（外二首）

时国金

一条斑驳的老街
在脚下延伸，几个熟悉的面孔
守着记忆和往昔

拐进一条幽深的小巷
月光也似乎来自往昔
童年的歌谣，还在风中隐约

每一块青石板上
都刻印着碎花裙飞扬的影子
还有我年少的羞涩

直到那个鲜嫩的花蕾般的乳名
再一次从我的唇边，唤起

夜 色

我想趁着这夜色
舀起一瓢湖水，拽进半个月亮
潆一壶浊酒，与诗仙对饮
醉也不散

让孤寂伶仃的敬亭山
除了星星和流霜
还有酒和诗

光

像山风细数过每一根松针
江水亲吻过每一寸堤岸
当秋天乌云卷过这片山水
我愿意独自守候，月光里的那片桃花

在岁月的浸泡中，它早已成为一道光
在我的生命里，在一个无法抵达的地方
闪耀

不需要（外一首）

邹晓慧

不需要说的， 一定
留在水墨上， 或者
留在诗词上
不说， 并不代表没有
一切花草树木
让春天去宽恕

不需要写的， 一定
留在心里， 或者
留在尘埃里
不写， 也是一种写
一切定了或没定的局
让爱去宽恕

顽　强

要是世上没有明白人
我就孤独着
要是争执没用
我就沉默着

江湖平静， 如一张没表情的脸
大海平静，如另一张没有波涛的脸
生活平静， 如一个普通人的人生
天空除了蓝， 什么都不想要

饿了， 我们可以粗茶淡饭
渴了， 我们可以放下腰身
久了， 我们可以金石为开
假如我们心中还有火

累了， 我们可以修整灵魂
把眼睛、耳朵、血肉分开
像身体一样真的忘了疼痛
一年又一年， 已在尘世之外

一场被虚词遮掩了的交情
你就是我， 我就是你
哪怕我们都在诗行里出走
相忘于江湖

要是世上没有明白人
我就孤独着
要是争执没用
我就沉默着

用橡皮擦去
一个朋友(外一首)

曹 旭

早就揉皱了他
但揉皱了又重新铺平
　　仔细看
　　他长着一副汉字的外形

摘下帽子的部首
卸去假牙的大门
　　他是我不认识的人

一生所犯的
　　最大的错误
　　是熟悉的人重新变得陌生

岁月无法删除他
　　但我是一个
　　能纠错的小学生

正用橡皮
　　擦错别字一般

越来越淡地
　　擦走他肮脏的背影

我为你折一只纸鹤

丈夫失去妻子
孩子失去母亲

江南失去一朵花
音乐失去一段旋律
天空失去一只风铃

死神已不屑来看

荷花，从淤泥里掏出明灯（外一首）

周晓兵

根深入淤泥，以哲人识见
从淤泥的低调里
大地的底座上，全力掏出
骨骼瘦劲，站姿高洁
明灯朵朵

多彩的颜料盘里，钟爱
朴素的羞涩，简洁的清新
淡定的贞静和大大方方的热烈
一支笔引领颔首低吟
也引领海豚音般劲利高歌

邀清风，以莲藕莲子的谐音
种植翠绿情节

你躺在病床上
　管子插成蛛网

你已经无法用
　纤弱的手
　握住你的生命线

像中弹的春天
　受伤的日子
　废墟冒着黑烟

怎么就这样轻易失去
　太阳的颜色
　生命和语言

在你的灵柩前
　放一束黄色的小花
　我离开追悼会

请原谅　我的朋友
　我只能用沉默
　做你的墓碑

但我为你折的
纸鹤和
　一首诗

会绕着你的清梦
　飞回

高原情思（外二首）

姚林章

我是怎么样的与那里有如此的眷恋啊
似乎永远也说不清道不明
且弥久日深

山脉高峻粗犷
苍苍茫茫绵亘无垠
江河细流涓涓
居然也激越奔腾

沙棘常年在刺骨中凛冽
白云始终于蓝天下飘忽不定

无论男人还是女人
衣袖里有多少油腻补丁
冬天真的太过寒冷

无需柔弱矫情
康巴汉子
尽管纵马驰骋
或许这也是你的辉煌人生

感怀羊卓雍措

多少次的想写写你
提起了又放下

雁 字

木叶化蝶，横云无际，千山高举
雁字仿佛丢失的旧书信
羽翼携带斑驳典故
切割高天嘶嘶鸣叫的气流

意念是开弓的响箭

从前的碑刻亦漫漶
从前的诗句已泛黄

雁字拟人，识人识心
识得飘飞思绪的方向

稻草人（外一首）

戴谦茜

你的朦胧你的华贵
无数次的问自己
你真的有多少优雅多少神奇
我绞尽了脑汁也无法自拔无法描绘
你的妖艳你的妩媚
清晨一轮红日把你装扮成清纯少女婷婷如玉
夕阳西下你又成了不老的青松昂然挺立
星光点点你又是那样的骄奢那样的离奇
羊卓雍措啊
你到底是如她一样的卓玛
还是如我一样的扎西

伫立着 伫立着 独眼的稻草人
被遗留在夕阳落下的时分
长年累月也未开启的屋门
眼中只有沉沉的黄昏

等候着 等待着 孤单的稻草人
思念困住了你的灵魂
遥遥无期不知所踪的主人
有藤蔓爬满你的全身

假如我不曾去过那个地方

假如我不曾去过那个地方
我就不会存有那么多的念想
人间秘境墨脱的传说太多
拉姆拉措不但是前世的观照还有来生的向往
假如我不曾去过那个地方
我就想象不出希夏邦玛峰有多壮观
连绵的雪山犹如成群的瀑布争先恐后去约会
美丽的姑娘
假如我不曾去过那个地方
我又怎么可能知道古格王朝曾经是那样的辉煌
又突然间神秘消失留下了一道道斑斑驳驳的泥墙
假如我不曾去过那个地方
我就根本不会没完没了去念她道她
多少年过去还是如痴如醉、如癫如狂
天涯成了咫尺
他乡胜似故乡

摇晃着 摇晃着 歪斜的稻草人
昆虫撕咬周身的裂痕
没有孩童的天真和鸟雀的体温
要如何填补破洞与寒冷

呼救着 呼救着 慌张的稻草人
暴雨袭来雷鸣阵阵
狂风掀起满天的沙尘
你的哭喊被淹没在风声

沉默着 沉默着 坍塌的稻草人
风暴后是下一个清晨
散落一地凌乱的草根
倒在深坑破碎不整

没有人回答你的疑问
困惑的稻草人
没有人修补你的伤痕
残缺的稻草人
没有人为你抵挡大雨倾盆
无助的稻草人
你却从未有过憎恨
独眼的稻草人

被击落的鸟儿

我们的心里，都曾住着一只小鸟，
挥舞着幼小的羽翼，在天空中奋力飞翔。
也许在某个转角处，洒落了雪白的微光，

也许在某个树荫下，为困路人带来方向。
当我们试着向更高处翱翔，
飞越了山脉与海洋，穿过了雷鸣和风暴，
却被地上的弓箭击中，坠落在荒芜的禾场。

血色浸透白羽，处处是危险的目光，
拖拽受伤之躯，逃窜在颠簸与动荡。
当我们用尽全力踏入森林，生活在走兽的
　　地土，
我们的翅膀是否还能再次飞翔？
当伤痕凝固在深夜的浓黑，周身是挣扎的
　　痛楚，
我们的羽翼是否还能再次发光？
虫豸爬满折断的羽根，泥土沾满细瘦的双脚。
用脱落的旧羽堆砌起城堡，抵挡着
　　陆上天敌的侵扰。
羽翼不再乘上气流和风浪，眼里也忘记
　　天空的模样。
翅膀失去了拍打的方向，生存成为全部渴望。

被击落的鸟儿啊，
思念着白昼与蓝天的过往。
被击落的鸟儿啊，
止步在荆棘与野兽的阻挡。
被击落的鸟儿啊，
抢夺着所剩无几的食粮。
被击落的鸟儿啊，
游荡在无法逃离的苍凉。

岁　末（外一首）

李洁羽

寒风倾斜，一棵榉树
开始侧身
面前的马路开始细数落雪
岁末绷紧的风弦冒险驶过
最后一张轻薄的日历

一辆辆银灰色的火红色的豹子
奔驰着，它们匆忙、欢欣
而无视深陷落叶的小诗
飘零的踉跄

有归途的人，总是幸福的
就像一个字的墨迹
透出明朗的颤栗在乡途上勾沉
滑过村口牌楼正楷的门

也许村庄屋檐的灯笼
已经挂出心意的表达
也许春联般小径的笔迹拐弯处
会惊讶地遇见旧识的乳名

那么，就让我转身
再抱一抱

不够完美的愧疚
和颜柳体遗传的古训
邀请明月，青瓷供梅
酒盅碰在俚语中重温乡俗
爆竹的礼花，映亮门扉的新联
泛起红晕的词根

窗外，再细小的雪花
也会有它的归期与使命

石　阶

山坡上，守着崖间石阶
跟着诵经的桃花，从吐蕾到盛开
未曾去高阁坐禅
所以开得狂野一些

空谷都是落枝轻寒
一声木鱼一瓣落花
洒在陡峭石阶
无溪水送你下山，唯漫轻烟自渡

我喜欢有桃花飘过眼前的感觉
尊重石阶的沉默，略带轻愁
将上山的石径空出来

探寻：画里画外
（外一首）
——读《黄公望传》致友

赵康琪

早年，你从他千变万化的
皴染技法中，为自己的画笔
取来的"骨"与"魂"，现在
潜在你书房的键盘，贴进他以
螺青、滕黄、水墨描绘的
开宗立派的人生

你调动的数十万字、词，纷纷
深入古老岁月，随他
从虞山脚下开端的生命，一路颠簸
并且，在他曾盘桓、挥写过的
云溪、岩壑、春林、秋峰中浸染
熟稔的元代气息、音质和色彩
唤醒他被时间覆盖的记忆

他丢失在那个乱世的心迹
在你眼前重新跃动
身影尽管沧桑，依然
像他传世的画那般"风神竦逸"

与他像老友促膝长谈
只是，你叙述《富春山居图》的
历险传奇，谈笑声戛然而止
一定，是这幅他最引为得意的画
在他身后颠沛流离、烧为两段
至今分在海峡两岸的命运
像画上残存的连珠状火焚洞痕
灼痛了他的心

观茅山喜客泉

峡谷的绿风，吹不皱泉池幽静
大山，隐匿在地质结构深处的
情愫，只需泉边一阵欢快的掌声
便一吐为快

泉水中的白云，擦拭我目光的疑虑
假如泉下真有山神
它喜欢倾听远客的欢欣，并报以
泉池喧声如沸的共鸣
而人间的忧思，该如何向它表达？

泉水蓦地翻涌，我疑是山神与我说话
原来，身旁山雀子般跃动
是一群春游的孩子，他们
欢跳、鼓掌，无忧无虑的快乐
将我的沉默击碎为满池飞溅的珠玉

想 象（外一首）

风 舞

我要讲述那个遥远的情景
春山葱郁，满坡的鸟声盖着
绿色推过去
她的歌声从花蕊中升起来

想象中，我勾勒一朵向阳的花朵
系上一条随身奔跑的红绳

山水已远，江湖沉重
风声掠过雨中的石墙
桃花般的身影唤起窗前的细月

汗水漫过风的马背

我是你眼中的一滴泪
风从马背上吹过去
汗水像雪崩一样滚下来

你是否可以醒来
展开心中美丽的花园
让风从雕花柱子上绕过

路口有点窄
谜底在夜深时绽开
思念像炭火，烫伤后半夜

我墙倒时你已离开
蔷薇开败
樯橹无力，泪水漫过高高的马背

风中的铃铛
（外一首）

张国炎

攀上历史檐角，弄风作响
悬挂在楼台亭阁庙宇华堂
把时间摇晃，等待升腾的火花
湮灭的背影里，是最后的鸣唱

常到人间高处，仰望上苍
乞求神灵听见风中的激荡
悦耳的清唱，唤醒尘世的暖阳
没有风雨之夜，谁在叮叮当当

壮怀生命旋律，声动四方
抚平人心沟壑和无休欲望
看世事荒唐，全写在千年纸上
铁骑踏破宫墙，铃铛格外响亮

拨亮诗人灵感，激情飞扬
迸发的华章在墨香中滋养
听知音唱和，高山下流水汤汤
天籁悠长婉转，相逢别来无恙

年轮五十

我站在桥上，时间洒满头
一不小心变成月光的颜色
我和我的童年走散了
稚气少年要当男人汉模样
从南走到北，从北走到南
故乡的云在梦里飘荡
路越走越窄
赶上来的人越来越多
没有一个回头
也不想回头
有人说前面有更好的景观
而我靠在桥上，只想歇一歇脚
像桥边一棵年轮五十的树

图书在版编目（CIP）数据

时间的缝隙 / 赵丽宏主编. --上海：上海文艺出版社，2024
ISBN 978-7-5321-9015-7
Ⅰ.①时… Ⅱ.①赵… Ⅲ.①诗集-中国-当代
Ⅳ.①I227

中国国家版本馆CIP数据核字（2024）第078455号

责任编辑：徐如麒　毛静彦
美术编辑：雨　辰　沈诗芸
封面设计：赵小凡

时间的缝隙
赵丽宏　主编
上海世纪出版集团
上海文艺出版社　出版
201101 上海市闵行区号景路159弄A座2楼
上海文艺出版社发行中心发行
201101 上海市闵行区号景路159弄A座2楼206室 www.ewen.co
上海昌鑫龙印务有限公司印刷
开本787×1092 1/16 印张7 插页2 字数123,000
2024年4月第1版　2024年4月第1次印刷
ISBN978-7-5321-9015-7/I.7097　　定价：12.00元

告读者　如发现本书有质量问题请与印刷厂质量科联系
T：021-52830308